王明嘉 著

字母的誕生

The Odyssey of Alphabets

字母的誕生

The odyssey of alphabets

目錄 Contents

前言
Preface

　　九〇年代中期那幾年，筆者曾在台灣的設計刊物，發表過一些文字造形和字體編排方面的文章。而後將近十年間，除了偶而有一、兩位有心人士的兩、三篇類似應用技法或作品說明的零星文章之外，在基本學理方面，仍然看不到比較完整與連貫性的論述。在實務創作方面，由於桌上電腦的全面普及，字體編排設計的作業型態一下子從過去手工的「荒原」時期，跳接到自動化的「叢林」時代。這種正統還沒來得及建立，歪風已吹得哀鴻遍野的慘狀，已無須我多費口舌。無論是學校授課的教師同事，還是設計界的資深同業，好像人人都在搖頭嘆息，但似乎也只能在惱恨地無力撥亂反正，或在隨波逐流的兩極之間擺盪。

　　一般以圖像為主的平面設計，在經過一陣流行風潮，經由市場的功能機制及設計樣式的過熱激盪之後，多少都會沈澱出一定程度的原理通則，進而推向更高層次的專業水平，或形塑更先進的設計思維。但以語文內容載體為主旨的「文字」，天生不易為人注意其外在形式的特性，往往容易在一個視覺意識不夠深邃的環境裡，因為疏於「管教」，而造成一段長時期漂流與徘徊不前的停滯現象。如果美國黑人大學教育基金會所揭櫫的「心智的浪費是最大的浪費」（A mind is a terrible thing to waste.）可以被接受的話，那麼，文字造形與字體編排這種反映時代現狀，乃至影響社會文化走向的專業知識的集體浪費，難道不應該教人驚悸與惶恐？

心得與經驗的展現

　　鑑於國內文字造形與字體編排的水平，長久處於上述「先天不良，後天失調」的境地，我認為需要找機會對這門專業知識，做一個比較完整又連貫的介紹與論述。2003年初，筆者決定將個人在該領域的研習心得和實務經驗，逐步整理並準備付梓成書，業界多年好友楊宗魁先生碰巧在此時重新開張的《設計印象》雜誌訪問筆者並邀稿，當下以為就當時設計環境情勢，或自己在專業上的知識思維，似乎時機已經成熟，於是反過來主動向楊發行人提出在《設計印象》連載發表的構想。沒想到楊兄一口答應，不只對專欄形式及連載期數不加任何限制，連筆者唯恐主題稍嫌專細，或偶有內容艱深的顧慮，他都表示尊重我的知識能力，並相信我的專業判斷。所以一個以文字造形為主題，以探索西洋字形發展脈絡和解析書體類型，並以實務例作佐證於版面編排設計的「西洋字體演義」專欄，就在這樣信任鼓勵的互動之中正式開張。

　　連載了大約四年，就在「西洋字體演義」結束第一階段，進入第二階段寫到一半之時，城邦集團的積木文化正籌劃一本《好樣：台灣平面設計14人》，筆者也在被邀約介紹之列，一次出版前意見交換的聚會裡，在聊到筆者在文字造形及字體編排方面的研究時，當時的副總編輯劉美欽對此表示極大的興趣，由於相談甚歡，筆者也當下答應她的出書邀約。於是《字母的誕生》就在這種機緣下順勢寫了下去。

從「西洋字體演義」的專欄連載，到《字母的誕生》的專書出版，對筆者而言，是一個呈現個人二十幾年來鑽研文字造形與字體設計心得的機會，也是三十多年投入平面設計與視覺創作成績的報告。

適質適量的引介和說明

筆者撰寫「西洋字體演義」專欄，是希望以個人在國外修習和實務的經驗，以及返國後專業設計與教學研究，做一個比較有系統的心得報告。原本只是介紹西洋的主要字體樣式（typestyles），並從各中挑出一、兩個最具代表性的字體（typefaces），再針對其造字本質及字形特性作深入解析，並有系統地闡述其在文字造形設計的應用，和字體編排設計的表現。希望能對國內（或大華人圈）的設計業和教育學界在這方面的認識，稍盡棉薄之力，並對國內文字造形和編排設計的水平稍做提昇之推促。

但筆者很快就發現，文字造形的介紹與論述的相關領域其實相當廣泛，無論是基本的認知心理研究報告，還是語言學門的原理著作，都不是國內大部份的設計界人士和設計科系學生會加以修習或研讀的；至於其它周邊領域諸如符號學或現象學之類的論述文章，或許偶爾能在一些選修課堂裡接觸，或在一陣風潮流行之間尾隨某些時尚顯學「繞口令」，可是這些看似來勢洶洶的理論說辭與專業知識的實際連結究竟如何，可能是一個大大的問號。

　　上述列舉的部份相關知識學門，以及其它無法一一列舉的專業知識，都是深入探討文字造形和字體編排的必備條件。至於一般無法接觸到，只有深入該行業一陣子才能意會的「行規」和「行話」，更需要一個有真正文字造形設計經驗的人，來傳授給後學新進，因此非常有必要深入淺出地做適質適量的引介和說明。

文字造形基礎教育的必備養份

　　不過，筆者在經過書寫前的一番溫故知新發現，人類的文字書寫演化將近六千年，但所謂的「字體」概念和「編排」的實作，卻是在中世紀末和文藝復興之初的印刷術興起之後，才逐漸從西歐世界往其它地方推展開來，這前後也才不過五百年上下。若再往前追溯到希臘羅馬的「字母」初創之始，西方的文字書寫還有一段將近一千五百年之久的「字形」發展階段。筆者至此深深體會到，做字體解析卻不談字形的發展，文字造形的認知有空虛的疑慮；談西洋的字體卻對拼音字母的來龍去脈一無所知，字體編排的專業值得懷疑。

　　筆者過去在台灣及在美國的碩士研究所階段，偏重以純粹視覺的角度來學習和探討文字造形和字體編排的本質和議題，博士班則專攻視覺語言（visual language）研究，研究重點在視覺語言理論的架構，終極目標在視覺語言學（visual linguistics）的建立。專業的主軸雖然還是以視覺設計為本位，但研究主體卻明顯擴大，領域也跨到視覺造

形的範疇，一般語言學和與可能與視覺語言相關的特殊語言學門，都必須涉入到相當程度。

也因為以上這些跨領域的專業與知識背景，筆者認為此刻或許是時候向一般讀者或專業人士宣示：「設計」不應該只是一種隨機和碰運氣的行業；而「文字造形」是一門與語言學和視覺原理等相關知識緊緊相扣的專業領域；「字體」涉及的文史資料是既繁且廣，絕對不是直接從電腦軟體的字型選單拉出來就算數。於是筆者一不做二不休，把原本單純的字體解析，擴大並重新區隔定位為：「字母的誕生」、「字形的創制」、「字體的解析」三大單元，準備長期抗戰，寫個十年八載。

《字母的誕生》基本上是「西洋字體演義」專欄連載第一單元的總結，但這並不表示這是一本需等後面的兩大單元到齊才算完整的書。探討文字演化的過程，其實就是一個龐大的知識工程，單單字母的發源探究及其發展沿革，就可以寫一系列的專書。對一般文字學有興趣的讀者而言，《字母的誕生》絕對是一本可以獨立成書的題目；就字體造形研究動機的專業設計人來說，《字母的誕生》更是提供打好完整文字造形及字體編排基礎教育的必備養份。

字母的史料、史觀、史用

以文字探源而言，過去絕大部份的字源史資料，嚴格講起來都只

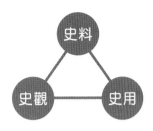

是「野史」。以前在探討文字發源時主要以字形比對，再配合文獻資料佐證作者（研究者）本身的看法居多，主觀論述的看法往往強過客觀陳述的史實。久遠前的字源探討，雖然也做字形的比對，但以文獻資料為論據的比重明顯更多，文獻資料通常也以流傳的古籍為師；再更久遠一點的，甚至奉宗教經文為圭臬，以教義內容為論據的依歸。十九世紀考古學興起後，文字書寫的探源才改採科學論證，並積極使用科學的儀器和化學的材料進行檢測，字源學研究裡的「歷史信度」才逐漸增加，「歷史資料」裡才逐漸浮現出字體發展的可能真相。

為了維持一定的信度，《字母的誕生》當然必須以歷史的資料為基礎，亦即「史料」的收集與陳述，也就是以史料為基礎，以客觀陳述為主軸。這樣的內容某些人可能會稍覺生澀，因此每個章節都會穿插相當份量的圖片，並配合筆調較為輕鬆的圖說，應該會比較易於吸收。但是這些「史料」不只是中性的事實陳述，不只有對錯的問題，還要做好壞的判斷，「史觀」概念的介入也是這本書不可或缺的重頭戲。另外，基於專業設計實踐的考量，活用歷史資料也是這本書的積極目標，也就是「史用」的積極態度。史料、史觀、史用的輪動對照，是《字母的誕生》要呈現的基調。

《字母的誕生》主要談論西洋字母書寫的造形樣式，及其所必然涉及的語言溝通之功能本質（語言本質）。緊接的人類文字書寫大類型的綜合性介紹，及基本語言學和語音原理的相關性解釋，則為稍後

的字母書寫類式，舖下其表音本質的陳述基石。讀者可以透過線性的歷史沿革和面型地理分佈之描述，循序追溯西洋書寫的大概源頭（埃及和美索不達米亞等地），及後來集其大成的字母重鎮（希臘到羅馬之間）；從垂直的語言、語音、書寫、符號之間的連動關係，讀者可以從圖繪的象形紀錄到抽象的語音符號的演化過程，了解西洋拼音字母演化的種種概況。

期待有字體教養的設計文化

　　這是一部主要探討西洋字母的專書。大華人地區固然是使用漢字的中文環境，但外文，尤其是英文的日益普遍（或氾濫），卻也是不爭的事實。而英文全球化的趨勢，更是任誰也無法抵擋的潮流。之所以先做西洋羅馬字母的論述，固然是筆者多年來在這領域研究與創作的主軸，而在當前國際化、全球化的競爭趨勢中，提升西洋羅馬字形運用素養的迫切性，也是原因之一。況且西洋世界五百年來在這領域累積的豐碩資料，及其頗具規模的知識內涵與理論架構，更是檢討過去漢字字形創制、對照當前中文字體設計，及思索未來整個華文版型編排的定位發展之最佳參考。當然，行文中皆有視情況儘量加以引述比較。

　　這本書除了前言和後語的部份，主要分為兩個大單元進行：第一單元就普遍性的「字母的概念」，作必要且完備的闡釋；進入第二單

「回歸原點,從頭開始」是我專業人生的常態。隨手拿枝筆寫下ABC的那一刻,就是我暫時脫離煩囂塵世的開始。

元「字母的歷史」,探討字母的發源,從埃及和米索不達米亞依序作史料陳述,並依各時期文字類型屬性及其不同階段的語文本質意涵,作系列性的整理解析和適度的史觀評述。除此之外,不同的文字形式在日常生活的書寫表達,及各種字體在設計實務上的創作表現,更會以古今圖例詳加比較說明,以期發揮史用的積極功能。

後語部份的「字母的系譜」,把本書提過的西洋拼音字母演化過成中,各階段書寫文字的發展及其血脈關係,以圖表的形式作完整的呈現。隨之的「字母書寫與視覺化閱讀」,則試圖對現代英文或羅馬字母與當代視覺文化之間的互動現況,及其未來與文字造形藝術與平面設計表現的影響動向,作一個總結式的論述。最後的「一個字體工作者的教育」,以作者在文字造形和字體學方面的養成教育和實務工作經驗,詳述個人實際經歷過的種種,提供讀者一個最具真實參考價值的專業人生歷程。

有了上述第一階段文字演化的普遍性認識,再加上第二階段字母發展的深化理解做基礎,一個有字體教養的設計文化不會只有在國外先進的設計環境才有可能。相信在台灣、甚至在整個華人設計圈,都將指日可待,這是筆者寫《字母的誕生》這本書最大的心願與期待。

導論：字學要義與語言本質
Typography and linguistics

　　不少設計科系的老師都有這樣的經驗：班上的學生可能設計了一張海報，創意鮮明、色彩耀眼、插圖細緻感人，但是文字「填」上去之後，整張海報就不對勁了。對學生來說，可能根本看不出有什麼不對勁的地方，學生通常只會注意某些搶眼的孤立部位，還沒有能力關照整體視場的形色互動效應，更無法想像文字竟然也會左右整個畫面的視覺效果。而就某些老師而言，雖然感覺到不對勁，卻也只能止於不對勁，往往只好讓學生再回到電腦前，繼續無厘頭式的重新排列組合，寄望藉由快速隨機的形色亂數，碰撞出一些可能還看得過去的畫面組合。

　　另外一種情形，則是從設計刊物裡看到某些「新派」的編排設計手法之後，也依樣畫葫蘆把手頭上的文字資料，不是做東拉西扯的扭曲變形，就是做冰冷金屬般的硬邊舖陳。那種把文字的內容意涵統統擺在一邊，將眼前的圖文資料一律看成形色的排列組合，只做純粹視覺樣式的處理手法，乍看之下頗為「酷」的設計架勢，其實是對文字造形（typographics）和字體學（typography）[註1]的另一種過猶不及的誤解。

　　上述兩種尷尬又無奈的極端現象，一方面固然是國內相關設計教育長久以來「重圖輕文」，忽略文字的造形價值，以及這一大陣子國外表象設計口味橫向移植的結果。另一方面，其實也是文字造形與字體編排原本就不容易捉摸的微妙特性使然。因此，如何加強字形與語

字體學（typography）向來是設計教育最弱的一環，
過去字體編排是師徒傳授型的專門行業，
現在只要有電腦，人人都可以玩扭曲文字的視覺把戲。
如果沒有用字的普遍教養和字體的知識素養，
無論是坊間的手繪店招，還是專業的版頁設計，
都有可能造成怪異和不當的視覺污染。

左為筆者於台科大任教指導學生聶永真的文字造形海報習作，下為其近期專業設計作品。無論是學生習作，還是專業創作，紮實的基本功加上努力不懈，就是做好設計的不貳法門。

14

從中世紀以降的版型慣例到二十世紀之後的編排論述，已經為
現代字體學，建立一套吻合原理論述和實務創作的普遍性設計法則。
一個設計者如能掌握「字形具現文字內容；字體反應語言意涵」
的原則，即使再怎麼誇張變形，仍然可以善盡文字傳言達意的天職。

艾米爾‧路德（Emil Ruder）的經典著作

文、字體和書寫之間的本質關係及其應用特性的基本認識，是探究西
洋字形樣式源由，及作字體類型解析必修的「學前教育」。

閱讀的複合作用力

就版面編排而言，不只個別的文字符號（character）在畫面上佔
據一定的「點」狀位置；植字排列組合之後的字塊（type block）擁有
一定規模的平「面」空間；文字閱讀本身更是一種「線」性的時間活
動。一個優秀的版面規劃，可以結合字體編排在視覺空間裡的場域張
力，和文字閱讀時的時間向量動力，引導讀者從事結合知性與感性的
多元閱讀活動。如此，既可以圓滿達成文字呈現文辭內容的天職、一
件設計作品的內在特質與外現態度，更可以在「必要」的文字閱讀活
動之中，不露痕跡地逐漸根植在對象的心田裡。字體編排設計這種經
由文字閱讀——「觀其字，讀其音，取其意，忘其形」的意識神經按
摩，其細微深入和持久性，顯然比只用純粹圖像強加壓印的方式，更
見訊息傳達與意念溝通的深邃效果。

文字的雙重語言本質

嚴格來說，文字才是一般平面設計品的主力訊息傳遞者。況且，
在一個充滿抽象思緒的現代社會裡，很難想像如果沒有了文字，人
與人之間還剩下多少訊息溝通的可能？而文字編排設計所運用的媒

15

線性連結是單字成長為辭句文章的必要條件。
無論是象形文字，還是表音字母；是中國傳統的書法藝術，
還是街頭的廣告招貼，一個沒有肯定閱讀方向的均分
佈列，是不負責任的字體編排，也是強人所難。
如果一個設計者自己對滿牆的磁磚沒有感覺，
又怎能期待別人對眼前的四方連續有所領悟？

介字體，除了本身的體形大小與筆劃粗細可以在版面上造成一定程度的「印」象，具備視覺語言（visual language）的形色實質之外，同時還具備另一種更直接決定訊息能否準確傳達的言辭語言（verbal language）之性質。

　　文字造形是視覺造形教育的一環，國內美工職校十幾年來的蓬勃發展，加上過去一陣子炙手可熱的「視覺傳達」系所如雨後春筍般的湧冒出來，有關視覺語言方面的教習雖然不盡叫人滿意，但對一般性的造形原理原則，或許還是有些粗略的接觸。不過，相較於視覺語言看似毫無限制的聯想式（connotative）圖形意涵，言辭語言是一種契約型的語言模式，它的傳遞與溝通必須建立在傳遞者與接收者之間的共通協定：在限定字義（word meaning）及肯定語意（linguistic semantics）的範圍內表達特定的訊息。由於這種先天上的指示型（denotative）制約機制，一般人在進行文字閱讀時，通常都只做反應式的文辭內容瀏覽，對於文字形體的視覺認知，大都只能在無意識的暗流中進行，文字造形對整體訊息的影響力也因此不易被人察覺。然而不易察覺並不等於不重要，就好像陽光、空氣和水其實是生命中最不可或缺的要素，卻一再被人們忽視是同樣的道理。

語言的條件

　　談論字形，免不了會論及文字；文字來自語言，也是顯而易見的

道理。而語言被認為是人類有別於其他動物的主要特徵，更是老生常談。其他動物裡雖然也有訊息發射和接收的現象，但相較於人類語言的字彙分立（discrete wording）與詞句衍創（generative phrases）的特徵（註2），頂多只能算是訊號（signal）對生理刺激的物理反應，談不上是知性的語言傳達與溝通。因此，人類的語言溝通不只有別於其他動物的訊號傳收，近代的語言學說，尤其以諾姆·喬姆斯基（Noam Chomsky）為首的語言學者，更進一步認定語言是人類獨有的基因型機能（genetic faculty）。

不過，語言或許是人類獨有的天賦能力，但擁有語言能力不表示就一定會有文字的產生。有語言不等於有文字的情形，從有人可以用口語說話卻不會閱讀或寫字（即文盲）的事實，可以證明之外，今天世界上數千種語言當中，有書寫文字的也不過數百，其它大部份的語言，根本就只有口語而沒有文字。

語言的形式

人類何時開始使用語言？這不只不是一般人能夠輕易回答的問題，也是古今中外語言學者與文字學專家百思不解的謎題。語言的起源與演化在歷經百萬年時空之後，已經很難再有客觀的科學資料可供驗證，探究人類語言的起源幾乎已經是一項不可能的任務。1886年法國語言學會不再接受語言探源的論文；1911年倫敦哲學學會甚至明令

禁止會員討論這類議題，認為只是浪費知識研究的資源。

　　至於人類為何擁有文字？何時開始使用文字？由於文字的出現至今不過六、七千年，加上文字有一定的書寫形跡可尋，文字的探源多少比語言多些可能。但無論是西方世界裡的神授說（文字是上天授予的），還是中國傳言中的創造論（倉頡造字），前者的說詞既無法吻合知識性論述的要求（語言學是一門「研究語言的科學」），後者的論調更是違反語言或文字是自然演化與逐漸形成的事實。

　　雖然語言的起源已無跡可考，文字的創造更是眾說紛紜，但文字與語言的關係，無論從普遍事物的邏輯，還是專門的學理論證，人類擁有內存語言思緒在先，再有外現文字形式在後，應該是頗為自明的道理。而人類內存的，諸如意象、聲感、氣味、情緒、意志……等思緒內容，經由長年累月的環境刺激反應與人際之間的交流互動

字形與字義並不是「一個蘿蔔，
一個坑」的對應關係。
如果可以把一個口唸成「團」，
把三個口唸成「唱」，
啞巴會說話又有何不可？
（圖：王明嘉）

沒有意義的文字符號，不是文字，只是一堆擁有粗細筆劃的圖樣。語文的意涵不只存在文字辭句的文本（text），上下文的關係（context）更是決定文字本義及言語內涵的真正關鍵所在。

◀ ◀ ◀ ◀ ◀ ◀　（註：Jesus Christ for You.）

之後，逐漸累積份量可觀的經驗性語言資料，在腦海中形成語言學上所謂的詞庫（lexicon，就像腦海中的一本辭典）^{（註3）}。透過詞庫裡的詞項（vocabulary entity，辭典上列出的一個個單詞），一個人運用其語言能力（competence），把思緒內容形之於外的兩種語言行為（performance），一是說話，一是書寫。透過說話發出的是聲音符號，即口語；經由書寫展現的是視覺符號，即文字。

文字的議題

　　無論西洋語言學或中國文字學裡，關於文字的論述，幾乎都很少將文字看成孤立的視覺形式來討論。「字的構成，必先在心裡有個意思，而後發於音，進而再有文字的形體；反過來，閱讀時，則是先看見文字的形體，再讀出聲音，最後才明瞭文字的意思。」（文字學概說／林尹）因此，無論書寫還是閱讀，文字的形體、文字的聲音以及文字的意義，應該是三位一體、不可分割的完整傳言達意工具。

　　引用現代西洋語言學宗師索緒爾（Ferdinand de Saussure）的語言符號學觀點：文字可是一種語言性質的符號（sign）。文字符號是由語言符徵（signifier，說話時發出文字的聲音；書寫時呈現文字的形體）與語言符旨（signified，文字的內容意涵）所構成。符徵與符旨是符號二元一體的構成要素（鈔票可以有正反兩面，使用鈔票時則必須兩面一起同時支付）。同樣地，字形與字義、字形與字音，就是文

字不可或分的一體「多」面。沒有意義的字形，只是一堆有粗細筆劃的「圖案」；看到文字的視覺形式，必然也會觸發文字的聲音印象。

中國傳統上雖然沒有明顯獨立的語言學，但在「文字」方面卻有極為豐富的文獻資料，尤其對於文字的定義、稱謂、淵源、要素、特性等，都要比西洋在這方面的論述更詳實與多樣。除了經典的六書名稱與次第分類之外[註4]，傳統上單就文字類型的區分就有「書」（文字的書寫）、「名」（文字的聲音）、「文」（文字的獨體形態）、「字」（文字的複體衍生）的不同稱謂。不過，民初以來，中國的文字學家也開始參佐西洋語言學的學理，並融合中國傳統文字論述的精華，逐漸形成以形、音、義為三位一體的中國文字學主要架構。

大體而言，無論根據西洋語言學的說法或中國文字學的論述，探究字形的語言本質及解析字體的文字特性，不外就是研究字義、字音、字形三個文字的基本構成要素，並檢測三者在文字造形與版面編排設計應用上的影響與效應：

字義的詭譎：字形與字義的對應關係其實不如想像的那麼單純。文字的形體會變動；文字的聲音因時因地而異；同樣的，文字的意義也隨時隨地更變。中國文字，由於「轉注」，有一義多字的現象；由於「假借」，有一字多義的情形。西洋語意學（semantics）研究裡，不只也有同義、多義的問題；對於意義（sense）與指涉（reference）兩者之間的界定，更是一個歷史悠久的爭議[註5]。

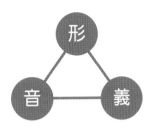

　　另外，文字呈現語言內容的道理，說起來簡單，做起來卻不容易。傳播理論所謂的雜音（noise），指的是媒介（說話的聲音或書寫的字形）經過傳輸管道（廣播頻道或閱讀環境）時，所可能遭遇與訊息無關，甚至妨礙內容流通或扭曲意涵的雜質。語言學所指的「透明性」（transparency）和中國古代讀書人「文以載道」的說詞都是在強調，文字固然有承載語言內容的功能，但也不可以因文字本身的外在形式，掩蓋文辭意涵的呈現或扭曲語言內容的本義。

　　從編排設計的角度來看，如果將一件平面設計作品的內容比喻為戶外的景象，字體就是那扇透明潔淨的玻璃窗；透過窗戶，屋裡的人可以清楚看到屋外的風景。而字體學（typography）就是研究那扇窗的學問。同時，字體編排設計就是搭架一扇吻合屋內人的需求，又與戶外美景適配的窗戶。要想看清楚外面的景象，玻璃當然要擦得越乾淨，越透明才好；希望讓讀者讀得更明白，文字也要越透明、不起干擾才好。而這種透明性不只是文字彰顯文辭意義的必備條件，也是字體編排設計的第一要義。不同於表現自我風格的書法藝術，一個喧賓奪主或不當裝飾的文字造形或字體編排設計，不只無法有效傳達作品的創意內容，有時會更扭曲表現的概念意旨。

　　字音的迴響：無論從前述文字的發生邏輯（先有意思，才有聲音，然後再有形體），還是從語言演化的歷史來看，口語先於書寫是不容置疑的。而且從大部分語言學講義裡，幾乎都是以聲音符號

（vocal symbol）做為語言的主要內容，可以看出文字的聲音在語言本質探討上的主導性角色。

人類初始的生活，不只內容單純，活動的規模也相當侷限。人與人之間偶有訊息交流，想必只需用簡單零散的字句，以發聲的方式做口耳相傳。而且這種透過聲音媒介表達語言的方式，不只存在遠古初民的口耳相傳及現代社會的人際交談之間；一個人獨處時，其實絕大部份的時間。也都在進行一連串不自覺的心語（inner speech）活動，而且這種所謂的「喃喃自語」，不僅僅發生在封閉式的自我思索情境裡；生活中，諸如看報、閱讀、招貼瀏覽等，看似與口語交談無關的文字閱讀，其實也都是一陣陣由聲音印象（sound impression）[註6]所串連的心語行為。打開書本，不只「看」書，同時也在「唸」書。

字音先於字形，不只平常生活如此，專業語言學也這麼認為；以「爬格子」為本業的文學創作也很難忘懷文字的口語淵源。民初白話文運動，強調「我手寫我口」的創作觀，雖然有違「文字優先」的主流文學意識形態，卻也不失對字音比字形更直接觸動人心性情的事實體認。

就字形承自文字、字體反應語言的原理，一個縱然由純粹文字組成的版頁設計，不只會有一定面積的視覺形象，更會因為字形閱覽牽動字音發聲的本能，振盪出某種程度的聽覺空間迴響。所謂的字體編排旋律（typographic melody），指的是版面編排的樣式，一方面必須

版面圖文要素的互動，有如音樂的旋律：一方面串連知性內容的
起、承、轉、合；另一方面牽動視覺點、線、面的感性律動。
左右切齊（justified）的組排形式，彰顯企業正派經營的理念（封面）；
齊底不齊頭（flush-bottom, rag-top）所造成音頻上揚般的律動形式，
展現事業體樂觀向上的活力（內頁）。字體編排樣式昇華文辭訊息的表達，
不言而喻。

設計：王明嘉

彰顯文辭內容的起承轉合，並活絡版面要素之間的起伏律動；另一方
面也得指出，版面編排設計時，字形與字體必然承續文字聲音本質的
事實。

　　字形的凝固：當人們狩獵式的生存空間逐漸進化為農牧型的生活
社群之後，面對日益擴充的交流活動，和漸趨複雜的交談內容，人
類腦海裡原先賴以維持口耳相傳的短期語言記憶（short-term language
memory）（註7），既無法再提供足夠有效的隨存隨取語言資料，而且
聲音稍縱即逝的時間型媒介特性，原本就很難確保語言資料傳達的穩
定，於是就如同一位西方文學作家所說：「人類因為記憶無法負荷，
只好把要講的內容用手書寫下來……」。有了書寫的動作，語言的另

根據研究，看倒置圖片描繪的圖像（4）與原圖（1）相像的程度，
遠比看正擺圖片描繪的圖像（2、3）更高。
這種經由「陌生化」途徑，才更準確「看」到客觀形式的現象，
說明書寫的形式不易被察覺、文字的造形價值容易被疏忽的普遍情形。
一般平面設計的文字處理問題百出，與這種所謂文字的「透明性」
有密切的關係和直接的影響。

一種外現形式──文字，也就自然而然地出現了。

西諺：「文字是思想的定錨」，說明文字可以利用具體的形象把
一個人不斷湧現的思緒穩定下來；也可以將人際溝通時，四處漂游不
定的話語給予凝固。而中國人說「白紙黑字」，則進一步強調，文字
的形體比文字的聲音更具詳實紀錄的功能，並負有準確表達語言內容
的義務。

除此之外，口語交談所用的聲音符號經常會與其他非言辭語言
（non-verbal）的符號模式（眼神、手勢、姿態……等等）搭配使用；
而字形所使用的視覺符號卻大部份只在單一模式（純粹文字的瀏覽）
與間接媒介（作者把意思寫成文字，讀者再從文字解讀作者的文辭意
圖）的環境中進行。由於字形這種「單一」的運作習性，一個人在進
行文字閱讀時，往往要比可以被動接收的聲音模式付出更多的心力做
主動的搜索；也由於視覺符號「間接」的媒介特質，必須運用大量的
心智以遙控的方式探索整個視場。這種高度心智力的介入，無形中使
視覺活動成為人類心智練習的最佳介面。這也說明為什麼藝術治療
裡，大都以視覺藝術做為心智方面的主要治療模式的原因。

文字是閱讀不可或缺的要素，只有透過文字的具體形式，個人的
思緒才有穩定的棲所；字形更是一種高度知性的視覺符號，也只有經
由字形的知性焠鍊，文化的內涵才有昇華的可能。以字形為主體的字

要想打破文字或字形的透明性，只要看看NBA籃球明星滿身「莫名其妙」的中文刺青就可以明白：只有擺脫文字「內容」的牽絆，語言的魔戒才可能暫時脫落，文字的形體才可以客觀地浮現出來。

把一個「文縐縐」的字體硬綁在一個「硬梆梆」的牌柱上，那為平面閱讀而設計的優雅筆劃字形，不只變得輕薄軟弱，原本以為可以「雄糾糾」的牌柱，同樣因此顯得空洞不實。橘越淮為枳，字體的應用或許可以千變萬化，但字體創造的原意與背景，卻不可以不知道。

圖：王明嘉

圖：安德・弗朗哥（André Francois）

體編排設計表現，既不應該只是「視而不見」的填字遊戲，更沒有必要當「表象流行」的幫凶。

認識字母

　　一般人只注意到文字所傳達的「字義」內容；就專業設計人而言，屬於視覺符號的「字形」可能是主要關心的對象。事實上，如何認識到文字兼具言辭語言（verbal language）與視覺語言（visual language）兩大語言模式的特質，才可以自然而然地體會字形與字義之間的互動關係，是了解整個人類文字演化應有的基本認識，也是學習文字造形與字體編排這門知識應有的基礎素養。

　　至於對「字音」的議題特別有興趣的人，探究字母的本質意涵，不只可以了解整個西洋拼音文字的發展沿革，同時也可以明白現代英文書寫的歷史文化背景，是今日專業設計人深化研究字學和全面做好字體編排設計必經的鍛鍊過程。用人的第一步是識人，用字之前要會識字，認識字母則是使用西洋文字做為創作對象的首要必修課題。

註1： 國外除了少數幾所設計學校教授字體設計（typeface design），一般大約分為字體學（typography）和文字造形設計（typographic design或typographics）兩種課程。前者講的是字體的基本認識和編排的普遍應用；後者著重於文字造形在平面（視覺）設計的創造表現。「typography」國內譯為「字體編排」、「字學」、「文字造形」、「文字設計」……不等。筆者以為typography係以「字體」為核心，又避免與文字學混淆並與編輯設計（editorial design）等周邊知識領域區隔，把typography譯為「字體學」比較適切。

註2：動物的傳訊，基本上只能做單義延伸（extensive mono-sense）的發射。比如要表達不同的長度時，只能用「長」、「長長」、「長長長」、「長長長長……」等依此類推的遞增或遞減。不只意義的內容侷限，而且由於體能與物理的限制，更不可能做無窮無盡的延伸。但是人類的語言，卻一方面可以用「長」、「稍長」、「更長」、「很長」、「非常長」……等斷詞的方式，表現各種長度個別而獨立（discrete）的差異概念；另一方面，單字或單詞的相互連結，又可以無限地排列組合出前所未見的新創（generative）字詞與辭句。

註3：詞庫（lexicon），有如腦海裡一本集合所有單字或單詞的字典。詞庫裡的字詞項目（詞項），可依語言活動的經驗累積，持續增錄擴充。腦海裡的詞庫內容愈豐富，一個人的內在語言能力（competence）就愈增強；內在語言能力的強化，有助於外在語言行為（說話或書寫）的展現。

註4：六書的名稱次第歷代說法不一。以許慎的「說文解字敘」，可以分為：指事、象形、形聲、會意、轉注、假借。而這六個項目談論的內容歸納起來，其實也就是形、音、義，三個文字的主要考量要素。

註5：例如「中國人」這個字眼，它的意義（sense）是「中國人」這個普遍性概念，它的指涉（reference）則是「某一個中國人」的特定對象。

註6：聲音印象（sound impression）是語言經由多次物理發聲經驗之後，殘存下來的心理聲音映象（psychological imprint of sound）。因為腦海中有聲音印象，不必透過口語發聲，也可以默「唸」心中所想的言辭語句，及閱「讀」時眼睛所看到書寫文字。

註7：一個人腦海裡所能記憶的內容雖然可以非常龐大，但是絕大部份都儲藏在長期記憶（long-term memory）裡。而生活中各種「當下」的活動，卻只能在臨時性質的短期記憶（short-term memory）裡做快速隨存隨取的運作。一般性的記憶是如此，語言的記憶模式亦如是。

概念篇
Conceptions

1

人類曾經使用過無數種的字母書寫系統，但不是擷取早先書寫符號的精華，就是改良某個文字系統，或只是引用「字母」的概念，再據此創制適用自己語言的文字符號（如前述北美洲的裘若奇[Cherokee]部族，根據拉丁字母創制的音節符號）。無論是直接移植還是間接轉化，當中都充滿重疊、混用、互置的跨語言和跨文化的混沌現象，這是人類所有語文交流互動的普遍情形，字母的演化過程也是如此。

因此，不論從書寫演化的普遍律則或文字發展的史料論證，字母的書寫形式都不可能是一蹴可及的現象。而且「字母」這種概念在被人們接受之前，必然經過許多不同實質內涵和有形樣貌的變異。不過，不管有多少種內涵和樣式的變異，在這之前的各種文字都是屬於象形、表意或音節之類的書寫符號，字母則是人類文字演化的最後一種類型。

今日字母書寫主流的英文能夠發展到如此全面性的影響力，從十九世紀帝國殖民勢力的推動，到二十一世紀全球網路的席捲之外，字母的拼音概念加上簡潔彈性的形式，可能才是決定字母成為人類最廣為使用的文字類型的主因。至於人的類書寫文明如何從幾乎無窮盡的事物圖像描繪，演化到只要透過26個字母符號的排列組合，就可以書寫過去和現在所有的字詞，甚至未來無限可能的新創辭句，也可以因此源源不斷產生？這是一個叫人頭大，也是令人著迷的問題。

文字的演進就像一個人的成長過程，字母純粹以拼音代替形意的書寫方式，是經過漫長時間的孕育、成長、轉化，才逐漸躋身進入文字歷史的主流舞台。因此要明白「字母」這麼一個空前絕後的獨特概念，至少必須從書寫類型、文字要素、字母本質，三個層面逐一探討之後，才有可能對這個擁有世界四分之三人口使用的書寫形式，有一個比較全面性的認識。

字種的演化
Evolution of writings

文字書寫的演變過程，並非一塊磚
緊接一塊磚串連接起來的歷史高牆，
而是一個樣式階段融合互疊到另一個樣式
階段的綿延不斷歷史長河，就好像
彩虹的每一個色段或許有其獨特
耀眼的色彩印象，但色段與色段之間
卻看不到明顯區隔的界線。

1.1

文字的初創或發源，無論中外都有許多傳奇和故事：西洋世界有腓尼基王子卡德摩斯（Cadmus）發明字母並帶到希臘的傳說；巴比倫的尼波（Nebo）和埃及專司文字的托斯（Thoth），都是賜給人類語言和文字的神明；而伊斯蘭的教義裡，文字根本就是阿拉親自創造並授於其子民的恩典；至於中國遠古傳說中的伏羲與倉頡的畫符造字，更是言之鑿鑿，傳誦至今。神話與傳奇固然有其參考價值，而且在未有文字記載的史前時代，似乎也是探測文字起源唯一的參考依據。但就理性的知識探討而言，我們還是必須依從知識的邏輯，盡量在科學資料佐證之下，探究文字的起源與釐清其演變的過程。

有人說：「思想是語言的靈魂，語言是思想的軀體」。語言學家索緒爾（Ferdinand de Saussure）則說：「整理語言的規律，有如捉抓

鬼魂」。同樣地，把人類書寫演變的過程給予分門別類，就好像是把人類歷史上所有出現過的無數文字遊魂，重新抓來，再一個一個貼上足以安身立命的符咒，是一項「幾乎不可能的任務」。況且，文字書寫的演變過程，並非一塊磚緊接一塊磚串連接起來的歷史高牆，而是一個樣式階段融合互疊到另一個樣式階段的綿延不斷歷史長河，就好像彩虹的每一個色段或許有其獨特耀眼的色彩印象，但色段與色段之間卻看不到明顯區隔的界線。完全切割文字書寫演進的每一個階段的類型樣式，是一項「絕對不可能的任務」。

人類的文字形式千百種，至於所有的文字是來自同一個源頭？還是各有不同的字源祖系？並沒有一致肯定的說法，但書寫文字不外象形、表意、音節、拼音字母幾大類型。

不過，不同於語言使用聲音的媒介，遠古時期既沒有錄音設備，無法留下真實的語言聲音。縱然有某些代代口語相傳的語言，歷經百萬年時空之後，語音印象也已非從前。文字從出現到今天不過六、七千年，再加上文字原本就是具體的視覺形式記錄，比起語言，倒是比較有跡可尋。只是人類文字漫長又遙遠的故事說來話長，必須要從頭慢慢講起。

漫漫長夜……

文字是人類用來傳言達意的工具。雖說「人類因為記憶無法負荷，只好把要講的內容用文字寫下來……」，但從心中有想法，到用文字書寫下來，這一段從大腦到手指之間的短短里程，卻耗掉了人類至少百萬年以上的時間歲月。

文字並不是一開始就長得像「文字」的樣子。未發明文字之前，人類固然可以用身體的姿勢或叫聲來發射和交換訊息，但這些「原始工具」所能作出的姿勢或聲音的內容和樣式，都非常簡單有限。用簡單有限的姿勢，很難表達複雜細密的意思，就不免有「姿不達意」的毛病。而喊叫的聲音，雖然後來演化成口說的語言，卻仍然有著時空的限制：距離遠了，固然聽不見；時間久了，也消失無聲。對於發生過的事，如何留住內容細節？對於遠方的人，如何互相傳達情意？

據歷史記載和考古發現，人類在文字發明之前，除了用身體姿勢和口叫發聲之外，主要就是靠結繩和繪畫來解決傳情表意的需求。我國的說文解字序有「神農氏結繩為治」的話；周易繫辭也有「上古結繩而治」的說詞。結繩記事不只上古中國有傳說記載，遠在非洲、在美洲，都有大量結繩記事（knot writing）的事實發現，尤其是南美洲的印加土著民族，至今仍然保有繩結記事的傳統。幾乎世界各民族在未有文字之前，都曾有過類似以結繩記事的階段。

如何用結繩的方法表示意思呢？所謂「事大，大其繩；事小，小其繩；結之多少，隨物眾寡」。而前述印加文明的繩結記事，主要也是用在簿記登錄之事項。可見結繩記事的主要功能在作已知事物的「指示」（大事、小事）與「記數」（多少、寡眾），至於事物的內容意涵不只無從表達，事物的具體形象更沒有描述的可能。利用結繩

初民的文字大多源自計數的需要，再逐漸擴充應用範圍並轉化書寫的形式。隨手撿拾的小石頭和順手攀折的枝條，都是這時期方便記錄的媒材。

結繩記事是人類最原始的表意工具。這種屬於符號學上所謂標示型（indexical）記號的使用，不得不讓人驚訝人類很早就有符號操作的能力，也不得不讓人相信，人類天生就具有抽象思維的基因。圖為南美洲一帶古印加文明時期的繩結記事（knot writing）。這種叫「khipu」的繩結是用來做數量計算的紀錄，名稱有點像中文的「記簿」，因此有些學者推論可能是遠古中國的「簿記」輾轉傳到這裡。

來幫助記憶和計量事物或許可行，但人類的思緒宣洩和情意表達當然不只限於此，所以，除了結繩之外，還有視覺表現的形式，也就是繪畫的出現。

第一道曙光——繪畫

原始時代的人類似乎特別有繪畫的天賦。法國及西班牙一帶所發現的洞窟繪畫，以及非洲和南半球一帶的土著民族所擅長的岩畫，所呈現的高度寫實觀察與生動的描繪技巧，縱然以現代的繪畫技巧和審美眼光來看，都已經是近乎令人嘆為觀止的境界。而現代社會裡，幼齡孩童也比就學之後的青少年，更具自由揮灑的繪畫稟賦。這種似乎越是未受到文明洗禮，越能展現繪畫能力的現象，就書寫與繪畫同為視覺類型的表現形式而言，正好可以說明為何全世界的文字初創，都是從以圖象為基礎的象形文字類型開始發展[註1]。

人類內在的語言本能外現為語言行為，是說話的口語。但口語所使用的聲音媒介稍縱即逝，無法確保意念表達的準確度，不符合思想記錄和知識傳遞的需求。而人類天生就擅長的繪畫，原本就具有穩固事物形象的功能，自然成為人類試圖將語言思緒給予視覺化處理的第一選擇。

但初民在洞穴或岩壁上揮灑，以動物形象為主體的圖繪遺跡，是否就是人類初步的書寫形式？事實不盡然如此。就以最接近現代人種，大約出現在二萬五千年前的克魯-馬努人（Cro-Magnon）的洞窟繪畫中，強烈對比的顏色鋪陳及大筆揮灑的線條筆觸下，所呈現栩栩如生的動態圖象，可以看出這是一種大幅度身軀擺動下的感性活動之產物，很可能只是某種動態的情緒宣洩或隨機的塗鴉印象。應該是「藝術表現」的繪畫行為重於「語意表達」的書寫現象。

除外，從這些繪畫大都出現在洞窟的最深處近乎完全黑暗的岩壁

北美印地安人的圖繪紀事
充滿線性敘述的故事情節和內容。

原始人類的洞窟繪畫或許偶有「情節」描述（左下圖，兩隻山羊對鬥）和「劇情」的演出
（右下圖，獵人被野牛撞斃），但基本上都是外界物象的仿擬或一時的視覺印象紀錄，尚未
達語意表達的文字意涵。

或頂端部位，可以想像在那麼昏暗又油煙瀰漫（用動物性油脂點燃照明是當時唯一的選擇）的空間裡，更不可能做「界定思緒」的文字書寫表達或紀錄。而且，許多這類洞窟繪畫，往往在同一壁面上出現以不同手法的筆觸和不同主題圖象，作新舊雜陳、隨機重疊的描繪與塗抹，因此可以進一步肯定這些繪畫的目的，不是有保存意圖的書寫性質記錄。

原始人類的繪畫裡栩栩如生的動物圖象，之所以能夠在數萬年後的今天仍然可以一目了然，顯然是因為其主要呈現的是外界物像的直接仿擬（replica），並非內在意念的表達（expression），更談不上具有符號意涵的書寫行為，頂多只能算是一種有視覺印象的圖繪。

符號的啟蒙——圖繪記事

洞窟繪畫雖然在本質上是藝術表現的圖繪，但描繪的都是與初民狩獵生活息息相關的動物圖象，的確可以反應當時人類生活的部份實情。而人類未創制書寫文字之前，必然已有百萬年以上用各種方式表達思緒意念和訊息交流的經驗。圖繪既然是初民第一種最可能具體外現意念的視覺形式，那麼用圖繪的方式表達思緒意念或幫助記憶，必然也是一個合理又方便的嘗試。

一旦嘗試用圖繪來表達思緒意念，便與純粹的繪畫不同。這種圖繪的主要目的已不再是純粹外界物像的仿擬，或只是內在美感情緒的抒發，而是透過圖繪做為意念傳達的工具，其性質介乎圖畫與文字之間，有人稱之為「圖繪文字」。不過圖繪文字雖然可以表達或記錄圖畫與文字之間的事物，但由於圖繪尚不是文字，所以記載事物有餘，表現思想猶恐不足，因此也有人改稱為「圖繪記事」。

不同於繪畫表現視覺印象的目的，圖繪記事的主要目的在「說明」。因此，圖繪記事所描繪的不再只是「特定指涉」的事物圖象，

而是表示該類事物「普遍性質」的圖形。一個圖形如果具有代表（to stand for）的意味與成份，就具備記號（sign）的初步條件[註2]。同時，由於記號的「代表」功能，一個原本只是描述特定事物的圖形，就可以進一步用來代表該事物的「其它」相關性質——除了象形之外，也有指事的可能。因此，圖繪記事可以說是初步具有書寫符號可能的視覺表現類型，也是全世界各地域民族書寫符號發源的共同雛

圖繪記事有描繪個別景物的圖象，也有敘述複數內容的功能，幾乎全世界的原始社會都有圖繪記事類形的岩畫。從中國大陸（上）、夏威夷（左）到北美印地安的岩畫都極度相似，可見一般。

型。中國古代傳說中就有類似圖繪記事的記載,如傳說中的伏羲畫卦:「……仰則觀象於天,俯則觀法於地;觀鳥獸之文,與地之宜;近取諸身,遠取諸物……」正說明中國在舊石器時代末期,也有諸多圖繪萬物並用於記事的可能事蹟。

而西方世界裡,則有相當多圖繪記事的遺跡和遺物的發現,其中尤以北美的印地安人,圖繪記事的運用最為發達,樣式也最繁多:有紀年史、請願書、傳記、墓誌銘、戰歌、戀歌…等,不只主題應用盡有,圖形的樣式也簡潔易懂。筆者在新墨西哥州的阿爾伯克基(Albuquerque)與聖塔菲(Santa Fe)一帶做田野調查時,親眼看見保留區內,男孩、女孩光著身子在傳統的泥草混塑的厚牆建築(Adobe)和河溝之間歡滾嬉戲:人與大地,精神與萬物,渾然一體。怪不得,幾乎所有印地安的圖繪記事遺跡裡,都有數不完的圖符和講不完的故事。也怪不得,美國的印地安原住民在接受將近一世紀的新制英文字母的語言教育之後,仍然有不少人還會使用傳統圖繪記事的圖形符號,做族民活動的書寫與記錄。

圖繪記事雖然可以用圖畫表示事物,但沒有配對的語音可讀,還不能算是真正文字的書寫符號,然而它具備表達情意的準確度與多樣性,可以說已經把另一種語言形式,即視覺語言所能表現的功能做了極致的發揮:不但能敘事,更可以抒情。無怪圖繪記事在文字發明之前,佔據了人類文明的一個很長的階段,成為史前(非文字表達的歷史)到史後(有文字記載之後的歷史)之間,人類思想與意念表達工具發展過程中,一段珍貴的「有形」記載資料。

語言的介入——象形文字

圖繪記事是舊石器時代(約兩百萬年前到西元前一萬年之間)漫長歲月中,所用的一種表意方式,而象形文字,則是到新石器時代末

期才出現的書寫形式，至今不過五千年上下。但因圖繪記事與象形文字都是使用視覺圖形表現，一般人常誤以為只要用圖繪形象來表達意思都是象形文字，於是將文字的初創遠推至舊石器時代，這既不吻合人類全部文明發展的事實，也與整體文字演化的脈絡不相協調^{（註3）}。

任何一種文字的樣式都是從圖繪進化而來，因此人類初始的文字必然是象形的，中國文字及世界上其他文字也是如此開始的。然而象形文字也是以圖畫表意，又與圖繪記事有什麼分別呢？簡單來說，原始繪畫的本質是事物形象的直接呈現（presentation），而圖繪記事的目的在意念的間接代現（re-presentation），這是純粹繪畫與圖繪記事的分別。

從繪畫塗鴉到圖繪記事，是再自然不過的視覺紀錄與思緒表現的發展模式；從圖繪記事再進化到有語言對應的象形文字，也是中西文字書寫都有的演化現象。

我們知道，文字是表達情意、記錄語言的圖形符號。因為文字是表達情意的，所以必須有「義」可說；因為文字是紀錄語言的，所以必須有「音」可讀；因為文字是圖形符號，所以必須有「形」可寫。也就是形、音、義三個文字的構成要素。沈兼士在其《初期意符字發微》一書裡說：「文字書（即圖繪記事）為摹寫事物之圖象，而非代表詞言之符號；雖為象形文字之母型，而不得逕目為六書象形指事之文。」又語言學家李歐納‧布魯菲爾德（Leonard Bloomfield）也說過：「……但是（圖畫記事）缺少文字的準確，因為它們和語言（讀音）沒有固定關係，欠缺語言規律的安排……」。

　　以上所引看來，可知象形文字與圖繪記事二者雖同以圖形表意，但圖繪記事，只有圖形，只能領會；沒有語音，不能穩固思緒之流動。而象形文字因為不只是畫一樣東西或一件事物，更重要的是在表示一個概念。圖形表示的概念固定了，就可以和語言裡的字詞發生聯繫，產生一定的讀音。象形文字不但有圖形可以「達意」，還有讀音可以「傳言」，因此才可能成為文字的一種形式。

　　既然是「象形」文字，必然是用事物的形象做為文字的形式依據。說文解字敘說：「象形者，畫成其物，隨體詰詘，日月是也」。既然是「畫成其物」，所以天地之間的東西，只要是能夠用簡單線條畫出外形，而且可以辨認者，都有可能製成象形文字。

　　不過，天下萬物，從前面看到的與從後面看到的不見得會一樣；從上面看下去和從下面看上來，也會有不一樣的形象；同樣一個東西，某一個角度的形象也可能比另一個角度的樣子，更具特徵或比較容易辨認。因此象形文字，既然是「代表」某種事物的形象，就必須採用最能代表該事物的「樣子」來描繪製作，這就是美術心理學上所謂的最佳面相（best aspect）與最大特徵（prominent feature）的形態識別思維。

在形式上，圖繪記事固然已經比純粹的繪畫簡略，象形文字則不但比圖繪記事更加簡略（量的減少）與簡化（質的精練），形象的線條也更趨樣式化（stylized）。因此，不同於圖繪記事，幾乎所有象形文字的製作，都已經脫離純粹繪畫裡充滿色調紋理和筆觸變化的描繪手法，所描繪的只是物像的輪廓線條，用線條取代色調，用筆劃代替圖象。象形文字的出現，把文字形式演化的思維，從「自然描繪」的時期，正式帶入「人工書寫」的新紀元。

形音義的整合──表意文字

人的內在思緒內容，有些是具體事物的有形指涉，有些是抽象思緒的無形意涵。象形文字雖然結合語音，具備口語傳輸和記錄語言的基本條件，不過仍然是用具象圖形來表現事物的意象，因此「有形者可象，無形者則不可象」。又「蟲蛇雖小物，然有形有象；忠孝雖大事，然無形無象」，就人類思想發展而言，具體的物象指涉固然在先，但文明越進化，人的抽象意念就更豐富。如果象形文字只能指涉具體有形的物像，無法表現抽象無形的意涵，文字傳言達意的功能，便大大受了限制。

文字是形、音、義三者互動的整合。
當字形不再呈現一定的意義，文字與語言的關係，
就剩下代表詞音的功能角色。

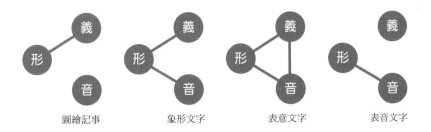

圖繪記事　　　　象形文字　　　　表意文字　　　　表音文字

象形文字這種既不能表達抽象意思，又可能因其形式的簡略與樣式化，逐漸脫離事物的相似形象，削弱了原本可以一目了然的辨識價值。無論是人際之間的語言溝通或知識的記載與傳遞，有時反而不如前述的圖繪記事來的直接與明白。這也是為什麼，在已經高度抽象化思緒的現代社會裡，所謂的圖形符號（pictogram），不只沒有被完全淘汰，反而因為可以因應快速匆忙的生活步調，經常被重新規劃設計並應用在各式各樣的公共場合之中。

象形文字從圖繪演化而來，卻也因此受限於圖繪的具象牽絆。古代的埃及、巴比倫及美洲的馬雅文明，甚至中國商周時期的甲骨文，都曾經有過象形文字的發展階段，後來不是被文字演進的歷史洪流所淘汰，改向表音文字演化，就是轉向強化抽象意念表達的「表意文字」（ideograph）發展。

表意文字突破象形文字只能具象表現的障礙，就是用原有象形文字的圖形來擴充引伸非具象的可能意涵，也就是用象徵（symbolized）的手法。因為象徵性的圖形所示者，已不再只是圖形本身的指涉，而是圖形本身之外，但又與該圖形有關連的其他意義。

表意文字利用象形文字引申擴充意涵的例子很多，比如古埃及的象形文字裡，原本只是指涉「腳」的圖象，到表意文字的階段就被引伸為「旅行」的意思；原本是「太陽」的圖案，後來也被引伸為「智慧」的象徵意涵。又例如美國西南部一帶的祖尼（Zuni）印地安人，乾脆就畫一個蝌蚪表示夏天，因為在那邊夏天蝌蚪特別多，足可以讓人聯想到夏天的情境意象。

初期的表意文字以象形文字做基礎，用聯想的原理來引伸象徵的意涵。而成熟時期的表意文字裡的很多新字，就直接從引申擴充之後的字形再予以引申擴充。因此，越是後期表意文字的筆劃形式，就越脫離事物的象形再現，最後乾脆在形、音、義三者之間尋求可資引申

的「成字」，加以排列組合製作新字。中國漢字之所以成為世界表意文字類型裡，幾乎碩果僅存的文字系統，就是因為傳統中國文字學裡，很早就有形、音、義三位一體的基本文字構成概念，不但免除被淘汰的命運，也沒有被逼向聲符文字的方向。而中國六書的完整論述裡，也早已經提供很周全的造字原理原則，更使得中文可以在表意文字的方向繼續繁衍，歷久不衰。

不過，中國的表意文字，由甲骨、金文，而至大篆，再由大篆改而成小篆，尚可維持文字的「象形」造字原則。及至小篆一改而隸書時，六書造字原理開始受到破壞，形、音、義三位一體的原則不再被嚴格把關，語言的意義很難再只從文字的筆劃形式會意過來。等到中

如果中國文字完全脫離象形（具象之形）、指事（抽象之形）的形符基礎，直接在轉注與假借之間打轉，越來越多的「表意」新字，勢必只能靠「表異」的手法來虛擬擴充。怪不得原本在天上飛的、在地上跑、在水裡游的馬、鳥、燕、魚，最後統統在下面長出四隻腳了。

國文字再推演至全面性的表意文字，更加忽略六書中「象形」和「指事」的根本；大量「轉注」與「假借」的隨機運用，許多字已經接近純粹的抽象代號，字形與語意之間，已不再如先前的象形文字，有直接明顯的連繫關係。

西洋世界也曾出現過表意文字的書寫符號，但始終沒有成為主流的文字類型，主要原因是絕大部份的西洋語言在語法上變化極大，而所有表示語法變化的字幾乎都是無象可形的，只能假借同音的字或製造各種輔助符號以濟表意文字之不足，這也是美索不達米亞一帶的象形文字很快就滑過表意符號的階段，直接往完全抽象的楔形文字（cuneiform）發展的原因之一。

全世界的表意文字差不多都已經消聲匿跡，而中文漢字，仗著人多勢眾，或許有繼續生存和發展的空間。但中文的表意文字發展到現在，早已失去原先「見字會意」的優勢，又無表音文字的簡便，面對日益膨脹的語言壓力，能否繼續擔負越來越多新字語詞的創制，滿足越來越繁雜的字形筆劃要求，不只是中國漢字的議題，也是整個表意文字的時代性問題。

字詞的崇拜——表詞文字

表意文字不必如象形文字，只做具體物像的描述，但初期表意文字要表達的仍然以生活周遭的人事景物為主，一大部份的字形符號可以沿用舊有的象形文字，稍加修整即可應付這類意思的表達。至於其他非象形文字所能表達的抽象意念，則可以利用形聲或會意的方法輔助使用。因此，初期的表意文字基本上維持一種「目識即可會意」的形符文字。

時代漸久，不只外界的人事景物漸趨多樣與複雜，人的思緒內容也更加抽象和細微。舉個例子，四維的禮、義、廉、恥，和八德的

> ## Colorless green ideas sleep furiously.

諾姆・喬姆斯基（Noam Chomsky）經典例句：
「無色的綠念頭，怒不可遏地沈睡著」，
可以說是純粹語言表現顛覆語言
「傳言達意」的最佳演出。現代文藝
論述強調語言優先（language foreground）
的反諷莫過於此。

> ## 作者已死！

羅蘭巴特（Roland Barthes）認為
文字一旦書寫付印，就不再受作者掌控，
讀者只需面對文本發展各自的詮釋，
不必管作者的創作原意。他「作者已死」
的說法，就是文字自己做主的時刻。

忠、孝、仁、愛、信、義、和、平，不只在質方面，很難靠依象形文字引申的表意符號來做準確得體的表達；在量方面，也因為個別新字的製作趕不上大量多樣意念思想的需求，而有詞窮的困境。

　　如何準確又有效地加速新字的創制，成為另一波文字演化的新動力。新時代的造字思維，不再是遇到一個新意思，就創制一個全新的字詞，而是從現有的符號當中，擷取不同字或字的部份，稍做變化，再做排列組合，其實就含有無窮新創文字的可能。更重要的是，沿用

現有文字做為新創文字的組合單位，一方面可以延續語意的連貫性──透過舊字的「溫故」，可達到新字的「知新」效果；另一方面還可以維持某種「見字讀音」的方便性，俗話說：「有邊讀邊，無邊讀中間」，是頗為傳神的說法。

這種「以字養字」的方式創制的文字類型，有個特殊的名稱叫表詞文字（logograph）。是一種純粹以表現「語言」本身的文字類型，也就是每一個表詞文字符號（logogram）都有一個與之對應的字詞（word）。表詞文字已經不是外在景物形象的描繪，也不一定要表現內在的抽象意念，比如「之」、「乎」、「者」、「也」，看不到具體的形象，也沒什麼抽象意涵可言。

表詞文字既不再直接呈現事物的形象，字形符號又往往輾轉來自其它字形符號的混置組合，造成字形與語意不再有必然的對應關係──字形可以橫向移植，字意可以隨機設定。這種形式與意義之間的任意性（arbitrariness），已經使得文字逐漸脫離原先只是表達情意的工具性角色，慢慢形成一種純粹語言表現（linguistic expression）的現象。內容是什麼，意思懂不懂，已經不是現代詩關心的問題；讀起來字詞之間的蹦跳碰撞所造成的「語言」張力，和文句前後的呼吸喘息所凝結的「語文」情緒，往往是最教人併息以待的精采所在。

翻開整個世界的文化史，表詞文字其實是西方宗教信仰與歐洲哲學思想的特殊產物。古希臘柏拉圖的理想（ideal）哲思裡，強調用語言或文字闡述永恆的形式（form），以替代變幻不定的感官印象；基督教義裡以為「字」（logo）就是真理的實體，甚至認為耶穌基督所說的話、所記錄的字詞，就是祂自己的化身。教徒忠實抄寫教義經典是終身奉行的職志，典籍上的字詞，必須字字照寫，句句照抄。至於字句背後的意涵或解釋，經典發生的環境關係和時空背景，既不是信仰者所能置喙，也是不被鼓勵，甚至是禁忌的。這種不論語意內涵，

只問字句原樣抄錄和傳誦的傳統，在西方世界早已形成一種所謂的字詞崇拜（logocentric）的文化現象，也是表詞文字盛行於西方世界的文化表現。

全世界所有的文字發展至今不下於千百計，但基本上可以分為兩大類型：凡是由字形現字義者稱為形符文字；由字音以呈字義者稱為聲符文字。中文漢字大概屬於形符的表意文字，而西洋的表詞文字成為字詞的符號之後，逐漸脫離「達意」並轉往「傳言」的聲符文字走向，是西洋文字演化最後全面朝拼音字母類型發展的關鍵性階段。

女：你愛我嗎？
男：愛.
女：有多愛？
男：Fuck you.

語言會繼續走樣，
文字會繼續變形，
科技會繼續往前挺進。
至於書寫文明會往上提昇？
還是會向下沈淪？
我們只能說：
還有什麼比這麼粗糙的字體
更能夠表現出現代男女
如此粗糙的愛戀關係嗎？

圖：王明嘉

*"Thers is no bad types,
only bad typography."*

歐美字體編排設計圈的一句行話。

註1：文字學界有「蓋爾柏格言」，指的是美國銘文學家伊格納斯・蓋爾柏（Ignace Gelb）：「所有書寫都從圖畫演化而來」的說法。蓋爾柏認為人類的文字演化過程，依序為象形、音節、子音、拼音四個階段。他的理論雖有不盡全然之處，但觀之人類自然發展的文字，絕大部份都是從象形圖符開始的事實，及人類大部份以視覺認知環境的機能，蓋爾柏的說法有一定的道理。

註2：美國符號學家皮爾斯（Charles Sanders Peirces）定義「記號」為：「代表本身之外的事物」（tanding for something other than itself）。筆者認為記號的「他者性」（otherness），適合言辭語言「代表內容」的載體角色，與視覺語言著重「形式本身」的直觀價值正好相反。

註3：象形文字與繪畫及圖繪記事最大的差別是每一個符號都有對應的語詞。語言學家諾姆・喬姆斯基（Noam Chomsky）指出，語文是一種兼具「獨體和無限」（discrete and infinite）的符號系統：每一個語詞必須是獨立區隔；字詞與字詞又可以做無限制的連結延長。繪畫和圖繪記事沒有明顯區隔的形式單位，圖像或形狀之間也沒有無限連結的具體機制，因此還不能算是「文字」性質的書寫符號。

文字的聲音
Sounds of words

音節的規律，在口語說話時可以
維持一個語言發音的穩定性，
就字體編排設計彰顯語言傳言達意
的角色而言，維護音節的段落規律，
配以適切的斷句組排，不只是
確保字義準確表達的必要考量，
也是編排設計彰顯文辭意旨
的高階素養。

1.2

原始時代的人們把從外界接收的種種感受，以圖繪方式作表達並存留給自己或傳承給下一代，這類圖繪資料可以說是文字的前身與雛形。世界上所有民族的文字幾乎都有源自圖繪樣式的象形文字，不只是西方世界的書寫符號，東方國度的文字也都大致如此。所謂：「人同此心，心同此理」，圖繪類型的書寫符號之普遍性，說明人類文字的發源來自同一宇宙觀和近似的自然環境之景物形象。

但如前面所述，文字的形式如果只停留在描繪事物形象的圖繪記事階段，必然是形象繁複、樣式混雜，不只書寫不易，費時費力，也很難記錄或表達非具像性質的內容意涵，若再加上同為人類傳情達意工具的文字與語言，如何在圖繪符號與口語言談之間，建立適切的對應關係，便成為人類文字發展過程中最關鍵的思維考量。

心理學上有所謂「沒有形象，無以思考」的論點。這一支心理學派認為一個人有「非形象」的思維能力，其實都是因為長時期「象形」思考經驗之後，再逐漸演化為抽象內容的思緒行為。從全世界各民族的原始文字都起源於圖繪式的象形文字，而且不同民族的象形符號之間都有驚人的相似之處，文字形式的起源以自然環境的萬物形象為仿擬對象的說法，有其一定的說服力。

象形文字出現之後，原本以視覺意象為主體的圖繪記事，開始與語言發生聯繫，產生了對應的語音，文字不再只是外在事物形象的仿擬（如六書的「象形」）或空間事物關係的指涉（如六書的「指事」），同時也是語言聲音的代表符號，是結合視覺與聽覺兩種感官的共治符號。

書寫符號與語言結合之後，不再只受限於具象或抽象的意思表達，文字一方面因為有「語言精密規律的安排」，可以做無限擴充的新創字詞與文句，另一方面也因語言與人類心智的基因關係，文字也從原本只是「一個事物，一個形象」的標籤功能，進而成為人類感情思緒和智性思考的有機符號。

形義裂解

書寫符號繼續往前發展到表意文字的階段時，文字不只兼具事物形象與語言讀音，同時又能夠表達具象與抽象的意思，是一種遊走在形、音、之間的成熟文字階段。初期的表意文字尚可利用象形文字的具像形式做象徵，並轉化為抽象意涵以濟新字之窮，但抽象意涵無窮無盡，語言的思維日新月異，如果每個新的意思都要找一個可資象徵的具像圖形，實在不是件容易的事。

文字一方面是人們表達意思的工具，另一方面卻也反過來，引領人們依照文字的形式操控內心的思維模式。人們一旦滿足表意文字的完整表意功能，文字的意義就逐漸脫離象形文字時期仰賴事物的形象對照，從先前「見字形會語意」的自然聯想（connotation），轉而大量以人為指示（denotation）的方式，賦予每個新字的意義。

就中文漢字而言，雖然有「形聲相益」的造字方法，可以用「轉注」和「假借」的手法延伸和擴充字義，但由於漢字是一個字符（character）記錄一個字詞（word），而且絕大部份都是單音節的獨

體字，如果每個新的意思都要配搭一個單音節的新字，是一個無限龐大的負擔，而且容易產生「異字同音」的混淆，如「平、瓶、憑、評、屏」等字。在古代單純生活的社會形態和言簡意賅的文言時期，這些異字同音的字還可以單獨使用，但在後來多樣思緒的語言環境裡，字與字之間常常會發生難於區分和混淆不清的情形。因此，漢語裡早就把上例單音節字給予複合化，組成類似「平均、瓶頸、憑證、評估、屏障」等雙音節字詞。

由於這種「合字成詞」做為漢字基本字詞單位的特點，使得中文可以繼續做無限字詞擴充，仍然能夠應付日益增多的新字需求，因此也有人稱中文的表意文字為「表詞文字」，也因為這個特性使中文走上與世界其它古老文字完全不同的道路，在堅持表意文字的形式下，持續生存並發展到今天。

至於西洋文字雖然也發展過表意文字，但由於文法多變，音節繁多，一直不是穩定「單一完整意義」的文字類型，經常是一種聲符與

文字如果不再作為字義的載體，不只會與語言本身疏離，文字連帶的社會文化背景也會因此裂解泛散。如果你無法依靠身分證號碼來記住或認識一個人，那是因為阿拉伯數字只是一種代碼（index）。但是當你看到或聽到「愛因斯坦」這個名字符號（symbol）時，不只一連串有關愛因斯坦的事蹟會立即浮現在你眼前，許多愛因斯坦的特殊印象也會蜂擁而至。

形符雜混、象形圖式與抽象符號並置的文字類型。西洋文字本身既不似漢字「形、音、義」三位一體，造字法則也不如中文「六書」完善，始終無法達到完全表意文字的境界。

等到西洋文字幾乎完全拋棄「象形」之後，字形不再指涉事物的形象，甚至不再是攜帶一定內容的載體。這種與外在象形世界和內在思緒意涵漸行漸遠的文字符號，逐漸失去文字傳情達意的功能。而且，一旦解除表意的義務，文字與語言的關係，當然就只剩下表達語音的價值。

形音分治

就人類的語言本能而言，生理上有適合語言發聲的器官[註1]，心理上有語言思緒的基因。但有語言能力，不一定就會有相對的書寫行為，人類數以千計的語言大部份沒有文字符號可見一斑之外，過去歷史上的韓國以及現在的日本，他們所說的語言與中國人的語言，是完全不同的語音系統，卻都通行使用中文漢字的例子，更加證明語言與文字不一定要有必然的對應關係不可。

就整個文字發展歷史來說，原始時代的圖繪和象徵記號，都只是直接用來指涉事物的形象，並非做為代表語言的聲音符號。因此，初始的文字與語言原本就是各執一軌、分道而馳：一個是以眼睛為主的視覺符號，另一個則訴之口耳的聽覺符號，兩者雖同為表現思想與傳達訊息的媒介，但一開始的發展方向與途徑就各有不同，表達的對象和範疇也各有所專。

我們無法斷定人類是否來自共同的祖先，是否有過共通語言（language universal）[註2]，但文字的形式隨地域文化的差異而變異，隨種族語言的分化而演化。從原本依循共通的宇宙觀，同為仿擬自然外界事物形象的書寫形式，逐漸改而因應各自語言文化特質，而改

變是全世界文字發展的一個基本事實。所謂：「分久必合，合久必分」，不只一般歷史發展是這樣，文字和語言的相對關係似乎也有這種現象。

關於文字和語言的分化，中西世界都有跡可尋。西洋《聖經》中「巴別塔」（Tower of Babel）的故事裡，上帝為阻止人類共同築造天塔窺究天界的野心，故意在人間製造各種互異的語言與文字，使得人與人之間因語言和文字的歧異，而無法有效溝通，不能同心協力，導致天塔建造功敗垂成的故事，這固然是宗教典籍的說詞，但也多少透露語言和文字隨時代變異，依地域轉化的本質與特性。

字形與語音分治的情形，在中文漢字裡尤為明顯。漢字承襲象形符號，是屬於直接顯義（見字形識字義）的形符文字類型，所以比其它西洋民族以聲符為主的文字類型，更能夠獨立於語言之外。胡氏國語學草創說：「集形成字，寓意於形；雖不發聲，亦能心得。吾國文字，蓋超耳治之境矣。」又西方的漢學家高本漢氏，在其中國語言學研究一書上也說：「（中國）一切文書載籍，都是為了兩目之用，不是為口耳的話語之紀錄。文字自己的生命是一種獨立的現象，與口語是分道揚鑣的。」真正的文字必須與語言結合，結合之後，卻仍然可以獨立於語言之外，大概也只有中文漢字能夠如此的了。

中文除六書的「象形」一書之外，尚有類似表音文字的「形聲」。漢字在許多「象形」造字行不通的地方，除了可另造「聲」字（如江，河等字）之外，還可以在形符的字，輔以聲符的偏旁，即所謂的「形聲相益」。怪不得中文漢字可以在「形」、「聲」之間左右閃竄，避免如同西洋的表意文字，最後不得不轉入表音的聲符文字系統發展。

現代的英文字母文字有人以為能以漢字的「形聲」視之，但英文的字母只是表示語音的符號，個別字母（letter）的符號本身並無意

西洋文字放棄「外延擴充」的表意文字，改用「內容歸零」的表音文字的第一步，就是採用合字溯音（rebus）的方式，把過去的整字符號轉為代表語音的音節符號。不只一般的字謎教學常用，西洋現代平面設計更是充份利用合字溯音的手法，創造出許多拍案叫絕的精彩作品。（圖：保羅‧蘭德）

合字溯音（rebus）的字謎遊戲，不只是現代西洋學齡前兒童識字教育很有效的方法，幾乎整個人類的書寫演化，一開始都是利用這種手法，把象形和表意的「整字」圖形，引導到的音節和字母的「表音」符號。古埃及一個看起來極其寫實的貓頭鷹圖形，其實只是一個發/m/的子音代號。

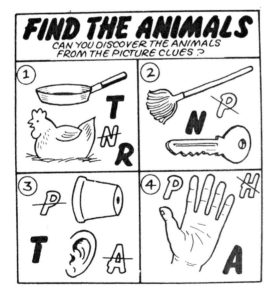

義，而且必須「拼音」（實際上是拼字母）之後，才能夠確定字詞的發音為何，字義也才可知曉。而漢字的「形聲」字旁一方面可做表音符號，另外又有形旁可以表義，故睹字形仍然有可能會其意。西洋的表音文字，由「音」輾轉得「義」的間接過程，不但在表意上多一層轉折，而且文字沒入聲音裡，文字實際上只是語言的代號，文字沒有獨立的價值。這似乎也說明了何以西洋世界雖有極為發達的「語言學」，卻一直沒有獨立研究的「文字學」的其一原因吧！

音段的本能

無論是口語說話還是文字書寫，只要是語言的表達都必須依線性結構（先後順序）的原則做排列組合。不過，一般人以為既然每一段語辭都是由一顆顆的單字和一個個的單音連結而成，只要按個字發音逐字解意，便是說話或閱讀，其實不然。說話或閱讀時，如果把每一段書寫字辭文句用放大鏡仔細看，把每一串說話語音拉長耳朵聽，我們會發現，文話語辭句中的單字與單字（word）以及單音與單音（phone）之間，並非如想當然爾地只是一顆接一顆，或一個接一個的逐一連結，而是一串串幾乎不間斷的連續發音狀況。在這種連續發音的語辭當中，如果說有什麼可以明顯感受到的間隔，除了逗點句號和發聲限制的機械式停頓之外，更重要的是一連串高底起伏的抑揚頓挫，造成的字辭間隔及其形成的文句段落，在語音學上稱為音段（segment）。

一句話或一段文辭的意思，固然必須靠一個個單字的個別字義（lexical sense）組合而成，但同樣一句話或一段文辭，卻可能因為音段的間隔設定與長短差異，而有明顯不同的整體語意（semantic meaning）。熟悉並敏感語言音段的聚散規律，其實比認識個別單字意義的累積，更能夠決定一個人能否靈活駕御語言能力的關鍵所在。

一個人閱讀時，眼睛視線會沿著一行行的文字作不規律
的來回跳覽（saccadic jumps），只有在文辭區隔的間隙處作短暫
又快速的歇息（約四分之一秒左右）。就是在這短暫的歇息與
凝視之間，字詞文句的語意才開始被意識與知曉。
（圖表：Wendt, D. "Lesen und Lesbarkeit in
Abhaengigkeit von der Textanordnung"）

日本語文的音節基本上是一個子音配一
個母音，而且絕大部份是以母音收尾的
開放性音節（open syllables, 即C＋V）。
大部份日語發音的字形標誌設計往往都
以全大寫的形式出現，是完全吻合開放
音節「一個蘿蔔，一個坑」的相對設計
樣式。語音的聽覺規律與視覺要素之間
的互動關係及其在設計上的深層表現意
涵，或許是國內文字造形教育及相關研
究值得探討的議題。

這也是為什麼很多國內的大學生，花了十幾年功夫學習英語，背了一大堆單字，就是開不了口用英文說話；而一些移民百姓，在美國打工生活一陣子之後，就可以用一口破爛的英語跟當地老黑爭吵叫罵的一大原因。

對語言學習比較有深刻認識，或是在外語國度裡有足夠生活經驗的人大都能體會，母語的使用者在說話時，幾乎不會是逐字唸出，也不會把每個音段做等同比重的發音。而是一個單字會著重某一音節的強弱，每一段語句往往也只抓住關鍵性的字群做重點表達，原因是這樣的說話方式比逐字逐句的全盤托出更容易叫人會意，也更具言談溝通的效果。

語言經驗不足的人往往無法有效偵測或掌握關鍵性的音段，導致語言表達能力的貧乏。就算是美國家庭裡牙牙學語的幼兒，也會在下樓梯時，將母親叮嚀的：「Hold on.」（抓緊），回應說為：「I am holing don！I am holing don！」（把hold字尾的d與on的連音，誤判成為hol與don兩個個別單字的語詞。）也難怪一般人在聽到陌生語言或閱覽異國語文刊物時，耳朵和腦筋之間往往只是一連串如電報拍打般的無意義聲響，既談不上音段感控的能力，更遑論訊息語意的知曉。如果媒介就是訊息，音段本身就有意義。

音節的必要

音段不只分佈在整段語句之間，一個單獨的字詞也可以有好幾個音段；一個音段可以就是一個單音（phone，語音的最小單位），也可以是一個音節（syllable，包含母音與子音的基本音段單位），甚至可以有好幾個音節。比如中文每一個方塊字的語音形態就是一個獨立的音節（來、吃、飯），但是英文每一個單字的語音卻往往可以分成好幾個音節（in-di-vi-du-al、cus-to-mer、ser-vi-ce）。

I	/aj/	V	*an*	/æn/	VC
key	/ki/	CV	*ant*	/ænt/	VCC
ski	/ski/	CCV	*ants*	/ænts/	VCCC
spree	/spri/	CCCV	*pant*	/pænt/	CVCC
seek	/sik/	CVC	*pants*	/pænts/	CVCCC
speak	/spik/	CCVC	*splints*	/splɪnts/	CCCVCCC
scram	/skræm/	CCCVC	*stamp*	/stæmp/	CCVCC
striped	/strajpt/	CCCVCC			

不同的語言有不同的拼音結構，不是所有的表音文字都適合採用音節文字的書寫符號。比如英語的一個音節常常包含數量多寡不一的子音群（consonant cluster），如果硬要找個母音搭配組成音節文字，需要的音節文字數量根本就是「樂透彩」般的天文數目，完全違背音節文字精簡字形數量的演化本意。（註：C是子音，V是母音）

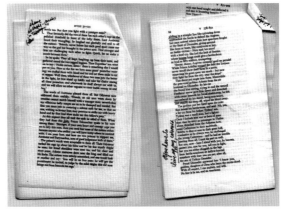

根據紐約時報的一項報導，朗讀荷馬史詩可以增進人體心臟的活動能力。而一個人閱讀中國古詩時，往往不由自主地搖頭晃腦，似乎都說明，文字閱讀不只是「心領神會」的靜態行為，也可以是「身體力行」的動態活動。現代人或許已經無法閱讀古希臘原文的荷馬史詩（左圖，伊里亞德手抄稿），但筆者閒來無事時，同樣可以從英文版的伊力亞得（Iliad）和奧德賽（Odyssey）（中圖及右圖）的平鋪直述，或詩歌朗讀的不同版式編排中，體會全然不同「心跳」程度的思緒與感受。

一個音節涵蓋的範圍與位置的界定，雖然已有一些檢測的法則，但這些屬於語音學研究的專門知識，不只一般人不容易明白，到目前為止，這方面的論據也並不是完整無缺。不過在日常生活的語言活動裡，大多數人對於音節分佈的規律，或多或少都有一定程度的判讀能力，多數可以感受到一個字詞的音節數目及其適切的位置。所以，與其說音節是一種專門的語言學知識，不如說它是一種自然而然的語言直覺。現代語言學強調語言學的說明性（descriptive，只陳述已有的事實）角色，而不強調語言知識的指配性（prescriptive，訂定學理的語法規則）權威，原因就是信任人類天生對自己使用的語言規律的自明能力。

　　前述中文的單音節獨體字，因為每一「顆」字就是一個獨立的音節，也同樣是一個字的完整發音，比較不會音節段落、音節數量及其聚落的問題。至於複數音節的日本語文，由於每一個字詞的每一個音節，幾乎都是一個子音搭配一個母音的固定形態，是非常吻合人類自然發音習性的開放型音節類型（open syllables，子音在前起音，母音在後收尾），音段與音段之間的界定清晰而明確，很少有語音混淆的問題。但同樣屬於複數音節的英語，一個單字往往包含數量不定和長短不一的複數音段，子音與母音的搭配也沒有一定的先後順序，如果沒有音節規律的調節機制，就會讓許多不合英語語音習性的音段被隨機地配置在同一音節之中。如atlas、submit、conduct等字裡的tl、bm、nd就有可能與其它字母拼組為如tlack、bmeet或nduct等非英語字詞的組合形式，不只沒有適切的語音可以發聲，也不具備任何字義的價值。

　　音節的規律在口語說話時，可以維持一種語言發音的穩定性；就字體編排設計彰顯語言傳言達意的角色而言，維護音節的段落規律，配以適切的斷句組排，不只是確保字義準確表達的必要考量，也是編排設計彰顯文辭意旨的高階素養。

子音的先探

語言治療學家詹姆斯‧相克（James Shank）說：「母音是嗓音（voice）的實現者；子音則是語言清晰（intelligibility）的憑據」。能夠發出嗓音絕大部份是母音（vowel），而子音（consonant）往往是充當母音起首或結束的界限和修飾性質的角色。而且，同樣一個母音跟不同的子音搭配時，也會引起母音本身的聲學（phonological）效應變化，產生不同的語音效果；不同語音效果的言語，自然代表不同的語言意涵。

世界上沒有只有子音而沒有母音的語言，因為這樣語言，大部份的語句將發不出聽得見的嗓音；同樣的，世界上也沒有只有母音而沒有子音的語言，因為這樣的語言，叫得再大聲，也只能有「a、e、i、o、u」不只單調乏味，語言的聲音樣式也大受限制，不吻合語言完整發音的自然法則，也不符合語言多樣表意的需要。

由於母音是語言發聲的必備要項，數量也只是佔所有語音的一小部份，就一個母語的使用者而言，母音的識認與運用往往只是一種自然而然的語言本能。因此全世界各種表音性質的文字類型裡，屬於母音的符號往往只是佔極少數，其他絕大多數都是屬於子音性質的書寫符號。

表音文字這種側重子音符號的情形，在強調口語文化傳統的社會裡更為明顯。筆者在師大求學時期教中國藝術史的李霖燦老師（當時的故宮博物院副院長），本身是世界上研究中國少數民族麼些語言與文字的專家。他編著的「麼些象形文字文典」裡除了記錄麼些民族類似圖繪記事和象形文字的圖示內容之外，對於麼些文字的口語傳統更有細膩的解說：「在（麼些）形字經典之中，充滿了空隙，即令吾人能全部明瞭其各個單字，仍不能望即通曉其中含義……，『多巴』（即誦讀之巫師）口誦時，再將其空隙填滿，辭意方臻完整」。由此

可見，在一個以口語為主導的語言社會裡，所謂文字，往往只是說話者協助記憶需要時所記下的「提醒式」記號而已。至於明顯而經常性的字詞，由於早已常記在心，朗讀時，再依上下文的情境填入補充，即可通曉整篇文辭的完整內容意涵。

上述麼些文字是指口語文化中書寫符號的省略與填補，至於母音的省略與填補的情形，我們可以從同樣強烈口語傳統的阿拉伯文字裡看到更切題的說明。比如阿拉伯文字中的一組發/ktb/的子音符號，是代表「字」的語意字根；說話時插入/a/母音，發音為/katab/，是「書寫」的意思；如果改成分別插入/a/和/i/的母音時，就可以發/aktib/的字音，就是「我寫字」的意思。

由於上述強烈口語傳統或書寫條件不完善（文盲、欠缺書寫材料、游牧遷移……等）書寫環境裡，加上母音原本就是每一個字詞發聲的必要條件，數量少，容易記憶，人類剛開始的字母文字，除了偶有極為少數和不成熟的母音符號出現之外，幾乎都是只有子音的文字符號。

拼音的共鳴

人類有適合語音發聲的器官，語言的產生可能是人類生理基因演化的必然結果。但書寫符號的發生，摒除神話傳說的說法，應該是人類後天習得的產物。語言先於文字，不只理論上如此，日常生活裡一個人先學會說話再學會使用文字，應該也是再明白不過的事實。

而且文字的出現雖然已有六、七千年的歷史，但無論是圖繪記事時期的象形紀錄活動，還是中世紀之後盛行不衰的書版傳播，文字從來未曾以單純的「視覺符號」形式獨掌人類傳情達意的溝通活動。縱然在視覺符號盛行的網路時代，人們仍然無法忘情人與人之間作面對面的口語言談。「星巴克」咖啡店裡，除了偶爾二、三位埋首於手提

電腦的客人之外，整個空間裡除了瀰漫濃濃的咖啡香，主要還是幾近喧嘩的人際交談與對話。文字向來不只是與口語搭配的語言溝通角色，書寫符號從音節文字再裂解之後，本身進一步往純粹語音代號演進的事實，更凸顯字形與語音的日益密切關係。

西洋表音文字從音節文字裂解之後的子音符號，必須依經驗習慣適時補填母音，才可發出完整辭句的讀音，在過去以口語為主，而且只有少數人擁有閱讀或書寫能力的社會環境裡，固然還可以滿足文字做為人際之間傳言達意的溝通功能。當整個人類的資訊媒介逐漸超越口語的面對面對談，轉而向文字記載的間接溝通模式推進時，一個欠缺現場母音填補的子音文字系統，顯然無法再有效呈現語言詞句的完整發音。前述中國麼些經典的書寫符號，如果沒有「多巴」在場，不

如果母音是語文發音不可或缺的基本架構（skeleton），子音就是語意變化的豐富特徵（features）。沒有母音，語言的世界無聲無息；少了子音，語音的景像單調乏味。（註：If we want to talk really good, we'll have to invent vowels.）

「崔西今天又有新的突破。」「她到底說了什麼？」「我不知道，不過她已經會用音節說話了。」

只經典文意無從知曉，可能連基本的字詞發音都成問題。再以英文為例，如果英文還是只有子音字母的書寫系統，沒有母音符號的英文字句如「We like to eat out.」勢必只能寫成「W l k t t t.」，不只無從發音，也談不上語意的瞭解或情感思緒的表達溝通。子音文字這種「欠一半」的文字類型，在人類文化愈趨「視覺化」的時代裡，當然無法擔負語言完整傳言達意的任務。

拼音字母（alphabet）的書寫符號，包含人類所有語音的子音與母音符號，文字本身就可以代表語言的完整發音，不再需要依賴熟悉該語文字詞的特殊人士（如麼些的多巴或西方古代的神職人員）的補填發音，文字的認識與使用因此不必再限於少數擁有閱讀與書寫能力的高階知識份子。一般會口語說話的民眾百姓，只要熟悉數量有限的二、三十個字母，就可以透過文字與語音的完整連結，一樣擁有語文閱讀和文字書寫的能力。現代語言學的共通語言大理論，似乎因拼音字母的出現，已經獲得相當程度的佐證。有了母音書寫符號的介入，西洋羅馬拼音字母的雛形得以建立，整個人類表音文字的發展，也才可以進入最後一個完全字母（full alphabet）的文字類型階段。

註1：會發出聲音的生物不止人類，人類所能發出的聲音也不僅止說話時所產生的聲音，而且人類發出的許多聲音當中，只有幾十個是說話發聲的語音（speech sound）。不同民族和不同地方的語言也都在其中，由於選用的語音範疇不盡相同，不同的語言聽起來皆有所差異。

註2：共通語言（language universal）認為所有語言都具有共通的本質，主要有三個概念：一、語言都是根基於人類共同的生物本能和心理需求。二、人類所有的語言都在表現同一種思緒內容。三、世界上所有語言的功能和文法機制基本上都是類似的。

字母的基因
Origins of alphabets

字母做為新近演化的文字類型，
雖然不代表其他非字母的文字就是落伍，
不過就被現代語言學認為是構成語言
重要條件的「任意性」特質而言，
字母這種「最小內容，最大外延」的潛能，
的確吻合真正的文字符號，必須有無限
擴充字詞語句能力的要求。

1.3

人類的文字形式繁複多樣，演化過程也不全然是單一的直線進行。不過如前所述，整個人類的文字約略可以分為象形、表意、表語、音節、字母五大基本類型，象形和表意可以統稱為形符文字，表語、音節和字母則屬於聲符文字的範疇[註1]。

象形文字仿擬事物的形象，屬於「眼見即識」的形符文字，是初始社會裡維繫基本生存物資需要，必須經常與周遭環境做直接互動時，用來「指名」和「計數」的極佳書寫形式。另一種與象形文字的特質正好相反的書寫符號，即本書主要討論的屬於聲符文字的拼音字母（alphabet）：不只個別字母（letter）不具任何語義表述的價值，拼字（spelling）之後的字詞（word）形態及字義與其所表達的事物之間，也不需要有任何相像之處。

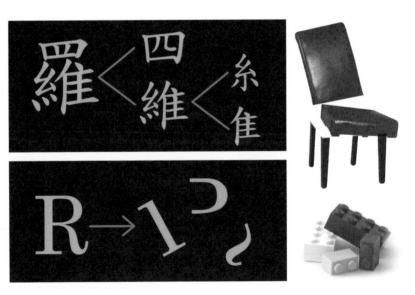

幾乎所有的漢字拆解之後，都還會殘留某些有意義的部份（parts）；
打散之後的拼音字母就像散置的樂高積木，只是一堆空無的單位（elements）。

字形與字義沒有固定的對應關係，文字意義的產生就不必只限於既有事物形象的仿擬（如象形文字），不必窮於應付無止境新字創制（如表意文字）的負擔，甚至連區區百來個音節符號（如音節文字）的背記都可以免除。只要透過三十個不到的字母排列組合，過去和現有的所有字詞，甚至是未來無限可能的新創字辭，就可以源源不斷地衍生出來。

　　從事物形象的描繪到純粹語音代號的演變，並不是新時代才有的現象，古埃及的聖書字體和兩河流域的楔形文字，很早就有以部份具象字形權充語音代號的做法，甚至數千年來堅守形符傳統的中國表意文字，多少也受類似的發展趨勢影響。這幾年中文羅馬拼音的爭議，以及越來越多中文新創字詞直接採用音譯的漢字羅馬化問題，都是字母強勢語音代號功能所牽動的潮流趨勢。

簡單得像ABC？

　　比起費時費力的象形符號和動輒成千上萬的表意文字，現代英文的26個字母看起來再簡單不過了。但如何界說字母的本質和定義，卻是一件說來容易，解釋起來一言難盡的問題。如果再把字母的起源也扯進來談，更是一件教人不知從何說起的文字考證工程。

　　羅馬拼音字母固然是字母文字類型的典型代表，但這並不表示羅馬字母就是世界上唯一的字母書寫系統。人類文字發展史上，曾經有過數百種用字母書寫的語文，而現存世界上也還有相當數量非羅馬字母系統的字母文字還在持續使用中。日本文字是音節文字與字母文字混用的表音文字；十五世紀中期由世宗創制的韓國諺文，更是被近代語言學者推崇為人類最完美的字母文字系統。

　　一般說來，所謂「字母」（alphabet）指的是「一套可以表達一種語言聲音的書寫符號，通常是一個符號代表一個語音」。 字母與

更早之前的象形符號或表意文字，及與其有血緣關係的音節文字，有兩點本質上的差異：

（一）字形（letter form）本身只是語音的代號，字形與語義之間的對應關係是任意（arbitrary）[註2]，而不是必然。

（二）字母（letters）必須組合成為字詞（word）之後，字音才得以界定，字義才可以表達。

字母作為新近演化的文字類型，雖然不代表其他非字母的文字就是落伍，不過就被現代語言學認為是構成語言重要條件的「任意性」特質而言，字母這種「最小內容，最大外延」的潛能，的確吻合真正的文字符號，必須有無限擴充字詞語句的功能要求。

雖然古埃及聖書體及兩河流域一帶的楔形文字，早已隱約透露表音字母的痕跡，但字母的拼音架構，必須等到將近2000年後的希臘化時期，子音符號與母音符號的結合之後，才算初步底定。「拼音字母」這個字眼也是希臘人從他們整理之後的字母裡，以最前面的兩個符號alpha（α）和beta（β）合併命名成為Alphabet。

不過，如同前面章節裡一再提及，人類的語言和文字系統，絕大部份不是由某一個人或在某個時間點所創制再加以頒布實行，而是同一語言社群（language community）的全體成員，經過一段時期的交流互動之後所形成的產物。因此希臘字母之外，還有許多其它非希臘字母的字母系統不是以「a」「b」開頭的：古愛爾蘭的歐甘文（Ogham）以B、L、F開頭；西北歐一帶的盧尼克文（Runic）用f、u、th、a、r、k六個字母（th是一個字母）做為起首；衣索比亞語（Ethiopic）則是以「h」和「l」開頭。

不過即使有不同的字母排序和拼字規律，所有的字母文字系統都有一個共同的理想：以一套二、三十個單獨的符號來紀錄說話的聲音，而且每個符號可以對應一個口語的聲音。

Alphabet 中文表意文字

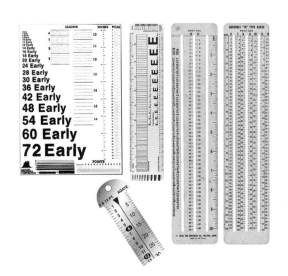

中國文字因「獨體」、「單音」、「整意」形成的顆粒點狀，異於西洋拼音字母透過橫向連接才可以「發音」和「顯義」的線性特質，似乎註定中西兩大文字類型在字體編排上的先天性特點與限制。瞭解字母與字母之間互滲（permeability）的必然性，是建構一個優秀英文字形標誌設計的基本認知。（下圖為筆者為紐約市GRAPHICORE大圖輸出中心設計的標誌）

中文字形都是在同樣大小的四方塊之內，每一個字體及字距基本上都是一樣大小，字型樣式也就那二十幾種，在過去照相打字時期，中文字體的植字標示，只要一張量字表就全部打發掉。而筆者在美國工作時的植字標示工具，隨便一抓就是十幾二十種。中文方塊字的方便性，免除許多字裡行間的關係微調，卻也因此比西洋拼音字母的編排設計，少了五百年的修鍊機會。

有限讀音，無限微調

　　嚴格來說，把字母歸類為表音文字可能會有望文生義的誤會。一般人以為字母就是一個字母對應一個語音的書寫符號，事實上不完全是這麼一回事。

　　以現代英文而言，一共只有26個字母，但英語的所有語音大概有44個不同的聲音（語言學上稱為音素phoneme）。英文的字母與語音之間，不只無法一個字母配對一個音素，有些字母甚至沒有對應的語音；反過來，有一些發得出聲音的卻無法找到對應的字母。尤其英文最教人詬病的是：同樣一個字母在不同的拼字（spelling）之後，往往會產生許多莫衷一是的語音。因此從中世紀以降，字母與語音，或用專門的術語：詞素（grapheme）與音素（phoneme），的不一致對應關係，不只困擾一般初學者在認字發音上的學習，也是西洋語音學者長久以來費盡心機試圖解決的難題。

　　1644年的英國人約翰・霍奇斯（John Hodges），試圖用附加符號（diacritics）標示不同字母的不同聲音；美國開國元勳之一的班傑明・法蘭克林（Benjamin Franklin）在1768年，提出以增創字母符號以滿足音素數目需求的建議，都是這方面的先驅。這一類專為字母建立一對一字素與音素配對機制的企圖，終於在1960年，由英國人詹姆斯・皮特曼（James Pitman）以增加字母符號的方式，設計了一套輔助兒童初學英語拼字及發音，名為初始字母教學（ITA, Initial Teaching Alphabet）的注音書寫符號（phonetic transcription）系統，先後在英國、澳洲以及美國東岸的一些小學進行實驗性的教學，在歐美英語系國家曾經風行過一陣子，也獲致一些預期的成效和回響。

　　不過這種完全以音標（phonetic）的概念來看字母的觀點，雖然建造了一套能以一個字母對應一個語音的音標字母（phonetic alphabet）系統，但是多出將近一倍數量的字母符號，顯然與字母

「簡化」、「少量」的演進意旨不盡吻合。再加上這一套系統只是用來作為兒童初學英語拼字及發音的輔助教材，離開ITA教室，還是要回到原來只有26字母的真實世界，反而造成學習上的往返負擔，七〇年代之後，慢慢已經不再在學校的正規課程中使用。

　　既欠缺百分之百準確發音的準則，又不便擴充字母的符號數目，

（上圖）創制ITA（Initial Teaching Alphabet）的詹姆斯‧皮特曼（James Pitman）及44個標音字母符號、字卡和讀本。（下圖）DMS（Diacritical Marking System）只要在26個字母劃上變音符號及刪除不發音的字母，就可以標示全部44個音素。茲在此舉18項規則中的其中3項，說明如下：（1）正常發音的字母維持原樣不做任何標式。（2）長母音的字母在上緣加一條橫槓。（3）不發音的字母劃一條斜線。

　　拼音字母是否已經陷入兩難？或者拼音字母根本就是不好的文字類型？事實倒沒有想像中的悲觀。

　　26個字母，好像每個字母都有一個固定的「讀音」（「a」、「b」、「c」……等），拼字之後的字母卻又多多少少發生「走音」的現象。拼音字母這種看似直截了當卻又搖擺不定的模糊性質（fuzziness），好像是文字設計上的缺憾，其實就文字傳述語言的內

涵而言，這種模糊性質反而是拼音字母最大的彈性優勢。

　　由於每個字母只是代表該字母「大約」的語音，同樣一個「OK」的字眼，美國東岸人士和芝加哥一帶的居民就有明顯尾音聲調的差異，如果採用固定發音的音標字母（如國際音標或KK音標等），反而無法「準確」表達英文語音的微妙變化。只用26個字母做基本的表音符號，把實際發音時的細節，留給不同語言使用者，依該字母在各種字詞中的不同音段情境，視語言環境與交談對象的需要，微調最適配的語音發聲。

　　也由於字母這種「有點黏，又不會太黏」的發音彈性，所謂的羅馬拼音，只靠區區26個字母，就可以拼出幾乎全世界所有語言的字音，而且進一步闡明：如果語言是活的，文字也不應該是死的道理。

智性形式，彈性形狀

　　前面提過，字母的形式與語音之間不必然有一對一的對應關係。那麼，字母的形式又是長得怎麼樣呢？字母真的存在嗎？我們常說：「英文有26個字母」，這句話除了指出英文的字母有一定的「數目」之外，也暗示每一個字母都必然「長得不一樣」。再繼續推論下去：既然每一個字母都會長得不一樣，那麼每一個字母也都應該有「固定」的長相。

　　首先，我們可以肯定地說：字母的確是存在的。日常生活中，一張接一張的印刷品和一本又一本擺在書架上的書本裡，就有各式各樣的字母烙印在這些數也數不完的頁面上；電腦螢幕和電子信箱裡充塞著由密密麻麻的字母編織而成的網頁與信函，都可以證明字母無所不在的事實。同時，我們也確信，每個字母都會長得不一樣，因為就算有兩個長得一樣的字母，我們也會把它們看成是同一個字母，而不會以為是兩個長得一樣的不同字母。

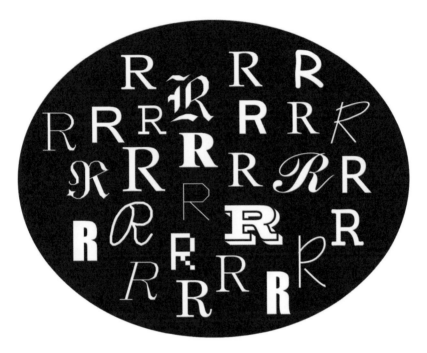

字母只有肯定的智性形式（intellectual form），沒有固定的物理形狀（physical shape）。我們在生活中到處看起來各式各樣的字母符號造形，就如台灣的一句俗語：「滿天是金條，要抓沒半條」。

最後我們要問，是否每一個字母都必須有一個「固定」的樣子？以現代英文第四個字母為例。跟其他字母一樣，這個字母有兩個形式：「D」和「d」，也就是大寫和小寫兩個不同形式。（如果把大寫和小寫各算一個字母的話，或許應該說英文有52個字母才對。不過，只要說成：英文有26個字母，每個字母各有兩種形式，應該還是可以被接受的）。事實上，無論是大寫還是小寫，就大家眼前可看見的，幾乎每一個字母都有無限個的表現形式：從數百種印刷字樣到上千種裝飾字體以及無數種人手一款的手寫字形，甚至許多還沒有被創造出來的怪異字形，通通有可能都「長得不一樣」，卻仍然可以被認出是「D」和「d」的字母。

因此，所謂字母的形式，指的是字母的智性形式（intellectual form），而不是指字母的物理形狀（physical shape）。就好像「6」這個數字，只是某個數量的抽象意涵之形式，一個「3+3=?」的計算題，無論是幼稚園小朋友用手寫在紙上歪歪扭扭的「6」，還是銀行公會用一百公斤黃金打造出來的「6」，統統都是對的答案，全部都是100分！

線性的宿命

文字的創制遠遠落在口語的使用之後；字母文字類型的出現更是最新近時期的發展。縱然在教育普及的今天，世界上仍然有一大部份的人不懂文字的閱讀，當然也談不上文字書寫的能力。其實就在今天的華人社會裡，我們的祖父母輩裡都還有很多人是目不識丁的文盲。到今天為止，大部份語言的溝通仍然必須仰賴語言的聲音（即口語）才能順利進行。

就西洋羅馬字母而言，在確定子音與母音的完整組合之前，整個西洋世界的思想、文化和歷史的傳承，尤其是人文藝術方面的文化資

產，幾乎都是靠口語相傳的方式，做橫向交流或縱向相傳。希臘字母被認為是所有字母中最好的，固然與希臘文字紀錄流傳下來的史詩巨著裡有關，但在字母文字使用之前，這些史詩和神話的內容大都只存在吟遊詩人的腦海裡，只有透過吟遊詩人的四處吟唱才得以流傳下來。如果吟遊詩人不做代代相傳的口語傳述，這些被後世全人類歌頌推崇的文化資產就可能隨著這些吟遊詩人的逝去，一併消失在歷史的洪流之中。由於希臘拼音字母的創制之後，許多影響後世的史詩作品才開始被積極地紀錄和傳流下來。

《伊里亞德》（*Iliad*）和《奧德賽》（*Odyssey*）雖然是名為荷馬這個人的著作，但已有越來越多的說法和考證，認為「荷馬」只是一個籠統的作者統稱，這兩部經典史詩，有可能是不同時代的不同作者「接力式」的集體創作。拼音字母只做純粹語音代號的角色，有了子音加上母音的完美組合，文字可以完整記錄語言的各種發聲音，可以更客觀地呈現語言資訊給另一地域的社群，並被下一代繼續傳寫下去，是一種方便當代人做客觀撰述及後人承續傳述的文字形式。

字母是一「套」固定數目的書寫符號，過去所有和未來可能新創的字詞語句，都可以用26個字母依橫向連結的順序組合而成。靠字母這一套線性（linear）組合的法則，過去西方世界不只統一並傳承兩千多年前的希臘精神文明，也造就今日全世界線性邏輯思維模式和機械組合的科技主軸，今天我們所說的「科學」，幾乎就是線性邏輯的另一個代名詞。

從文字編排設計的角度，字母的橫向線性邏輯，直接確立了西洋羅馬文字編排設計的基模：從單字的發音到辭句的閱讀；從固定排序的字母到一定距離的字距行間，一直到合乎比例的欄寬和版頁的串聯，都是依照前後排序規律的必然產物。

相較於西方世界500年來字體設計與編排文化不斷發展與精進的

成績，原本領先百年以上的中國印刷術。卻始終維持在雕版印刷的階段。除了專業認知和文化傳統的因素之外，西方字母在編排上橫向群組的「共同發音」，與中國表意文字獨體整意的「個別表述」之差異，似乎也注定了中國的文字只在書法藝術上做表現，西方文字則在字體編排上求發展的不同宿命。

字母的強勢

雖然絕大部份的字母都無法在任何語言中達到完美的配對，但經過一定規則的拼湊組合，卻也都可以拼出幾乎全世界各種語言的所有語音。字母這種看似不完美的「模糊」特質，反而因此更能夠擴張晶質符號（文字）的彈性，轉譯流質聲音（語言）的功能，是造成今天世界上四分之三的人口使用拼音字母，以及現代英文成為全球最強勢語言的關鍵原因。

文字既不是某一個個人所能創制，而且一經流通使用之後，連文字社群本身都無法決定它的變遷或沉浮。在今天講求快速交流和互置重組的語文環境衝擊之下，拼音字母的使用不僅沒有過時之跡象，似乎比其它文字類型更能以不變應萬變，緊握文字表現語言聲音的本質，適應變動時代的需求和日新月異科技的挑戰。

而字母的兩大特色——簡潔與彈性，更是為整個西方世界奠下文明科技和文化思想的統一基石：希伯來人用字母定義他們的上帝；希臘人用字母紀錄神話史詩；羅馬人用字母整頓國力。今天的電腦網路，進一步凸顯字母主宰世界文明的態勢之外；漢字羅馬化的壓力，似乎逼得中文只有和拼音字母合作，才有可能繼續存活下去。

文字類型的演化或有先後順序之分，但不必然有高下優劣之別。又文字演化的驅動因素，除了人類內在感情思緒表達的需求和外在溝通的環境條件之外，還需在語言社群裡經過長期互動交流之後才可能

凝聚形塑。不同的文字類型在不同的時空環境條件下，各有其表達與傳遞語言不同面向的適性與特點，這些特殊語言面向的表達與傳遞，往往不是其他類型的文字所能取代或忽視。現代的英文或羅馬拼音字母，也是經過幾乎人類所有書寫符號的演化階段，才發展到今天全面性的優勢。

　　了解整個西洋文字的演化過程，明白所有主流書寫符號類型的來龍，才可以知道字母書寫文化的去脈；過去不只是殷鑑的明鏡，同時也是探究未來的明燈。而回顧字母書寫的過去與探究西洋文字未來的第一步，就是從字母的起源開始，正式一窺西洋字母的歷史。

ABCDEFGHIJKLM
NOPQRSTUVWXYZ

註1：中國文字的發展從象形到表意，幾乎就此打住，沒有出現過音節文字，更沒有向字母書寫的方向繼續演化。中國這種側重表形和表意的文字特質，比起西方世界，很早就有文字學的研究。但也因為少了音節和字母的經驗，欠缺表音文字的細節探討，中國文字學論述一般只分為意符和聲符兩大類型。

註2：現代語言學的「任意性」（arbitrariness）等於是符號學的「代表性」（stand for something）再延伸。一個語文符號（sign）的符徵（signifier，即形式）與符旨（signified，即意涵）之間，並沒有固定的對應關係。比如「樹」這個字形（或字音），並不需要與戶外那棵樹有什麼關係；「book」四個字母排起來的樣子，也不必與桌上那本書長的相像。有了這種符徵和符旨的「任意性」，只要經由語文社群的同意，所有的字詞就可以「任意」指定對應的意涵，「代表」無限制語文思緒的表現。

歴史篇
Histographics

2

字母的探源已漸趨科學化研究，不過大部份仍然
要靠有限鱗爪的斷章殘篇做考證推論，甚至猜想臆測。
譬如在麥當勞餐廳的廁所裡，要解讀眼前磁磚上的英文字，
除了直接資料的完整性之外，與主題相關的間接資料，
也會影響解讀的準確與否。

字母書寫的源頭往前追朔6000年左右，羅馬拼音字母有將近2500年的歷史，現代英文字母的確立少說也有300年，有關字母起源的知識性探討卻幾乎是二十世紀前後才開始。不只一般人對語言的態度有如陽光、空氣、水般的不自覺，就算整天與書為伍的人，也大都以「透明」的眼光看待文字——雖字字珠璣，卻視而不見。

前面討論過字母的「概念性」論述，但字母「實質化」的歷史發展沿革——字母源自何時？來自何處？如何從非字母的書寫演變到今天英文26個字母的形式？這些都是研究羅馬字母，甚至整個西洋文字發展，極為困惑也是極具挑戰性的課題。

原型字母的思索

除了初始的穴居生活形態或絕對封閉的土著民族，一個社群的語言與文字的形成，往往是不同語文社群之間互動交流的產物。探究羅馬字母的起源，不可能只在一條單獨的直線軌跡上摸索，多少會旁及世界其他文字系統的論述。

人類的文字系統數以千百計，能夠在歷史上占有一席之地的並不多，其中一大部分發源自古代近東（Near East）一帶：蘇美的楔形文字（西元前3100年）、波斯的伊拉姆文字（西元前3000年）、西台圖像符號（西元前1500年）、埃及的象形文字（西元前3000年）及克里特島一帶的圖形符號（西元前2000年）等。另外在美洲有前哥倫布

時期的馬雅文字（西元300年）及復活島的類文字符號等。但以上這些古文字系統，除了中文漢字外，都已經消失或不再使用的死文字。

現代英文字母源自羅馬字母，羅馬拼音字母則直接改良自希臘制定母音的字母。因為希臘文字結合母音與子音，確立了西洋字母的基本語音架構，更因為希臘字母承續遠古文字及撫育後世拉丁（羅馬）字母的歷史性地位，過去研究西洋字母的發展沿革不從希臘字母切入，往前是一片漆黑，向後則是一片混亂。

希臘字母之前

不過，這種希臘字母或希臘文化至上的觀點，在近代由於考古探勘技術精進，和新發現的古物陸續出土，許多其它古文化和古文字的證據相繼浮現，對於古希臘之前種種更古老字母的論述，也愈來愈多，相對地，希臘之前和希臘以外的字母書寫，也越來越受到重視：古埃及書寫文明比整個希臘字母文化十倍有餘；希伯來文書寫的聖經典籍，遠在荷馬史詩出現的前1500年，就已經出現在西奈半島。

字母這麼簡潔的形式與完美的功能，不可能是希臘一地或某一民族所能獨力創造，必然先有比較粗陋的雛型字母形式，並經過一段輾轉演化的歷程之後，才有後來衍生的各種字母出現。只有再往希臘之前回溯，才有可能知道字母因何出現，及字母來自何處。

西方世界在文藝復興前後，因為對「希臘學」的憧憬，掀起希臘

有關字母起源的種種資料，仍在不斷湧現當中，
新出土的斷簡殘篇，在提供更新證據的同時，也打亂
過去好不容易假設出來的舊線索；穿鑿附會的
傳言和亂點鴛鴦譜的說詞，可能還會在字母探源
的議題上持續一陣子。（圖：王明嘉）

文字的認識和希臘古籍作品的研讀之後，才偶有這方面的學者專家注意到希臘字母的話題，但是依據的資料不是來自希臘古典文哲的論說，就是附合宗教經典的說辭，普遍把希臘文字當成整個西洋字母發生的源頭。等到十八世紀，西方帝國主義及基督教擴張延伸到「他邦異域」，許多前所未有的遠古文物陸續挖掘出土，考古學興起之後，希臘之前雛型字母（proto-alphabets）的議題才引起大家的關心。

不過這時候的考古學仍在草創初期，加上出土的文物往往不是年代過於久遠，就是大部份為宗教典籍的斷簡殘篇，加上當時的考古學者普遍不具備足夠古文字的譯讀能力，神話傳說的附合還是難免，不過已經把整個西洋字母發展的源頭，從原先的希臘時代往前推進到腓尼基字母的時期，但是有關腓尼基字母更前面的「前字母」的資料，仍然是一片空白（或黑暗）。必須等到十九世紀末，甚至二十世紀初期，在政府資助的大規模和有計劃的考古挖掘之後，從埃及與、近東到地中海沿岸有關古文字的資料大量出土開始，西方字母的發展源頭及分支脈絡，才有一個普遍認可的藍圖。

有關字母起源的種種資料仍不斷湧現，新出土的斷簡殘篇，在提供更新證據的同時，也打亂過去好不容易假設出來的舊線索；穿鑿附會的傳言和亂點鴛鴦譜的說詞，可能還會在字母探源的議題上繁衍一陣子。不過，可以肯定的是，希臘之前的字母世界並不是一片漆黑，至於是不是一片混亂，現在就讓我們走入「字母的歷史」瞧瞧！

書寫的搖籃：
美索不達米亞
Mesopotamia

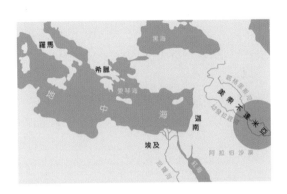

幼發拉底河和底格里斯河流域向來都是
不同種族進出和異文化更替最頻繁的區域。
在這一片詭變的地理環境和多樣的
人文交匯的社會裡，不同語言交雜混合
過程的同時，還可以共同維持一個
穩定發展的楔形書寫符號，是全世界文字
演化史上極為特殊的現象。

2.1

儘管字母發生的根源眾說紛紜，根據兩個世紀以來在近東、愛琴海、埃及、西奈一帶的出土發現，一般推論可能在紀元前1700年到1500年左右，文字的書寫開始在這一帶被稱為肥沃月灣（Fertile Crescent）的區域，先以城市為基礎呈點狀的浮現，再做線狀的連結，並經由區域內不同語言文化和書寫概念的交流融合之後，逐步凝結成為整個西洋字母的發源地。

　　在這一大片從地中海東岸向四周做半環狀擴散的廣大區域裡，中東的兩河流域（底格里斯河和幼發拉底河，今日的伊拉克一帶）和埃及的尼羅河河谷，是孕育拼音語文概念和創制字母書寫形式的兩個主要發源地。至於兩河流域和尼羅河河谷的書寫文明，何者發展較早？兩個書寫文明之間有沒有相互影響？過去以來一直都有不同的看法與論辯。

　　兩河流域和尼羅河河谷的書寫文明，何者為先，何者為後，仍然有待更多考古的發現比對和科學的舉證論述。不過根據人類的書寫形式從具象圖形往抽象幾何演化的通則，兩河流域很早就出現幾何樣式的書寫符號，這一帶的文字類型發展階段似乎要比長時期使用象形符號的埃及書寫文明要早一些。因此，從兩河流域的文字書寫談起，不失為探討西洋字母歷史的一個合理起點

從計數開始……

　　遠在西元前8000年到7500年之間，蘇美人（Sumerian）就已經從過去的狩獵游牧轉為農畜耕作，並定居在古稱美索不達米亞（Mesopotamia）的兩河流域南方的肥沃平原[註1]。幼發拉底河和底格里斯河都不是很穩定的河流，河水漲退難料，水域擴縮不定，農作收割與牲畜繁殖必須做適當的儲存與妥善的記錄，在季節變換之間才可以確保足夠的需求物質。

以楔形文字書寫的《吉爾迦美什史詩》，
相當於聖經裡的方舟故事。故事裡頭提到洪水過後，
全部的人都變成泥土的情節，說明幼發拉底河和
底格里斯河都不是很穩定的河流，河水漲退難料，
生命來去未卜。兩河流域的人注重現世經營和避談
來世的人生觀，十足反應在許多蘇美人雕像
的呆滯空動眼神。

遠在真正的文字出現之前，蘇美人就用一種大約指間大小的泥塑顆粒來計數和記錄農作牲畜：不同的形狀代表不同的作物牲畜，顆粒大小代表數量多寡等等。這種類似現代地鐵代幣或賭場籌碼功能的泥塑顆粒，就稱為泥籌（clay token），是人類初始社會常用的算石的一種類型，基本上只是幫助記憶的計數標示，不具備內容意義的表達功能，更談不上有任何語文書寫的價值。

　　蘇美人的泥籌剛開始可能只是個人或在自家人之間使用，形狀和大小只要自己或家人看得懂就好，樣式不外三角椎、圓椎、圓筒等簡單易懂的立體幾何原型，表面也不需要做任何處理。這類簡易造型和平白無奇的泥塑顆粒可以稱做簡素泥籌（plain token）。初期農畜生活的牲畜作物種類單純，數量也有限，簡單幾顆泥籌還可以勉強湊著用，偶有與鄰舍交換物品或外出做小型交易時，牛隻羊群就在身邊，把這類簡素泥籌穿個洞掛在牲畜的脖子，或往作物堆上一擺，做為現場標示和計數的工具，已足以應付了事。

　　大約到西元前3000年的時候，兩河流域的人口大增，流域南方的蘇美人逐漸在沿岸集結，並形成初階形式態的城市社群，人們除了在市集交換物品之外，也在神殿和宮廷貢奉一部份的物品或貯存農產品。無論貢品或存物都需要做清單紀錄，並設帳管理保存，過去只有自己或自家人才看得懂的泥塑代符，不只難以滿足人與人之間的基本溝通功能，大量又多樣物品的繳交與交易過程，更不是幾顆平白無奇的簡素代符所能解決。

　　這時候的泥塑形狀於是漸趨標準化，泥塑表面也開始出現簡單的刻劃紋飾；過去立體的顆粒也跟著變成扁平的泥板，原本只有簡單幾種幾何原型的樣式，也多了圖象意味的外形輪廓。這種統稱為複紋泥籌（complex token）的扁平泥塑顆粒，不只計數功能大為擴增，有的泥籌形狀還仿擬牲畜和作物的模樣，已經是具有表徵功能的初階符號

蘇美人泥籌（clay token）是一種幫助記憶的計數標示功能，不具符號意義的表達或語文書寫的價值。有素面幾何造形，也有刻劃線條紋樣；鑽個洞，加條線圈，就可以掛在牲畜的脖子上。有的乾脆捏塑成圖象模樣，牲畜物品不在身旁，照樣可以記錄作交易。

把手頭上一大堆泥籌密封在陶包裡，
上面壓印當事人的印信圖紋，若有問題，打破一看就知道
裡頭有多少、哪些交易物品，

性質，牲畜作物不在身邊，照樣可以從事記錄貯存和交易活動。

從圖符到書寫

　　無論到神殿繳奉作物，或在市集做牲畜交易，手頭上捧著一大堆泥籌，不僅會打亂弄丟，也不容易保存，於是蘇美人就再用泥土捏塑一種封算袋，把這些泥籌封包起來，晒乾或烘乾之後，就成為一種密封的陶包（clay envelope），做為繳奉或交易的清單紀錄，以後有任何糾紛或疑慮，打破泥塑封袋並當場檢視裡頭的泥籌，就可以知道當事人之間交易的內容與數量。

　　後來又為了避免打破再重新捏塑陶袋的麻煩，蘇美人改在還濕軟的泥袋上，用樹枝刮劃泥籌的圖樣，來代表裡頭泥籌的類型及數量。

原先包裹泥籌顆粒的陶包，被繼續延用到楔形文字時期的陶袋。陶袋外頭的文字往往與裡面泥板的文字內容重複，就像現在的禮品，「包裝」的象徵意義遠大於「封包」的物理功能。

久而久之，蘇美人發現其實只要看封袋上的圖樣，就可以知道裡頭的泥籌和數量，至於封袋裡頭有沒有泥籌、有幾個什麼樣的泥籌，已經不重要，泥籌就從此也就消失不見了。

　　從泥籌轉化泥板，可以看出蘇美人從農畜到城市的社會形態改變下的書寫表現；從實體顆粒的堆積到平面泥板的刮劃，則反應蘇美人的書寫，從粗略計數的泥籌往初階書寫發展的動向。這種書寫媒介平面化的現象，也說明此時兩河流域的書寫活動，已經開始脫離實體類比的制約思維，朝以純粹的視覺形式做無限象徵表現的做法邁進。從「實體」轉向「形式」是人類語言內容「符號化」的先前條件，也是有限書寫符號承載無窮語文字義的必備功能。這是蘇美人圖符進化到「初文」的時期，也是兩河流域進入真正「書寫」的第一個階段。

在泥板上只能做簡陋的壓印，如果記錄的只是一些雜碎瑣事，順手捏一團泥塊，隨機刺戳幾下，就可以應付了事（下圖左）。但遇到重要物品或事務的記錄時，不只要一筆一劃耐心地壓印每一個楔形符號，慎重一點的還會像中文書寫的題款印信，在字裡行間「蓋」滿特殊文樣的圖章（下圖中及右）。至於圖章的文樣，往往不是具象圖飾，就是更早期的書寫字形，這也和現代中國人的印信喜歡延用古代的篆書體如出一轍。

至於兩河流域的蘇美人是用什麼方式書寫呢？就緊鄰兩大河沿岸的城鎮市集而言，答案就是河畔那些淤積的泥巴：隨手撈來一堆濕泥土，捏塑如手掌般大小的濕軟泥塊，甩平成平板狀，再從河邊隨手折一節蘆葦稈，就可以在上面刮畫各種符號圖樣。一切妥當之後，把泥塊擺在陽光下，經過一陣子的曝曬，乾硬之後就可以長久保存，成為不可變造的紀錄。這種情形大約就是當時兩河流域一帶，尤其是南方的蘇美人常見的「書寫」行為。

從具象描劃到簡化樣式

人類一開始的書寫形式，大都從描繪圖象開始。可以想像在一個初文書寫的階段，還有什麼比圖象更適合紀錄和表現日常生活中常見的事物？同時，圖象描繪也最適合描述交易或貯存的物品，如牛頭代表牛隻、麥穗代表穀類……等等，都是這時期慣用的圖象符號。已知蘇美人早期泥板的上紀錄的大多數是作物和家畜為主要內容，上面的圖樣雖然簡陋卻相當寫實。從這些各式各樣形狀和大小泥板上刮劃的都是眼見可識的具象圖樣，可以確定象形符號是泥塑文字板塊最初期的書寫樣式。

不過具象寫實的圖樣並不是很好的記帳符號，如果每種不同的家畜與作物都要畫得「像真的一樣」，必然費時費力。初始小聚落社群裡豢養的家畜和農作物尚稱少量，樣子就那幾種，畫起來倒也還不是問題。可是一旦來自不同聚落的人把各種物品進貢和貯存在城市的神殿宮廷做集中管理時，大量具象圖樣的描寫，不只是繁重的負擔，多樣物象的紀錄，也容易產生混淆。

而且由於人多物雜，許多非物品性質的訊息內容和人際關係（誰繳的？繳多少？何時入帳？）的意義，都難一一用圖象的形式來表達。再加上濕軟的泥土表面原本就不適合做有機弧形的運筆，所以蘇

蘇美人初階符號化的泥板上，
紀錄的大多數是交易或貯存
物品的圖象符號，加上當事人
的印信標誌，只有品名標示和
所有權指認的基本功能，
後來才慢慢地發展出簡單指事
和簡短線性的敘述內容。

清單簿計是兩河流域書寫
活動的重心，蘇美人很早就
發展出一套簡明邏輯的
計數單位符號系統。

1/2　　1　　10

　　　　　　60　　600　　3600

美人初期的象形文字出現之後，沒多久就消失不見了。但這不表示蘇美人的文字書寫，一下子就從具象圖樣直接跳到抽象符號，而是如同其它書寫文明的發展模式，也是先從形似的圖象描繪，再漸次演變成為幾何造形的書寫形式。

現代人從小到大，有意無意之間，都在接受大量抽象造形的洗禮，對非具象的文字形式已經習以為常。但就遠古先民對照萬物依樣畫葫蘆的習慣而言，脫離具象圖樣的書寫，其實是一種很難想像的事情，往往要經過千百年的演化，和通過好幾個階段的銜接轉化，才能夠體會非具象的書寫形式，而且一般都會先經過一段簡化（simplification）和樣式化（stylization）的轉型時期之後，才有可能進入真正抽象意涵和幾何樣式的書寫形式表現。

蘇美人這種從簡化具象圖象開始，並在簡化過程中加上樣式化的處理的書寫形式，雖然看起來不那麼「寫實」，但基本上還是「具象」性質的書寫形式，大部份都維持上下直立的體式，吻合常人對周遭景物垂直擺置的習慣意象。但兩河流域這些原本上下垂直的圖形符號到某一個時期之後，突然向左轉個九十度，大部份改為水平橫躺的樣子[註2]。原本隨手刮劃的粗糙筆劃，也改為固定書寫工具的內壓印方式，筆劃比較平順清晰，圖符的樣式更加簡化和規則化，看起來有點像現代人畫的「圖案」模樣，算是雛形階段的楔形文字，簡稱雛形楔形文字（proto-cuneiform）。

這種不再依循萬物直立擺置的形式，和漸趨簡化和規則化的樣式，等於宣告書寫符號脫離客觀物象的制約，顯示蘇美人的書寫活動正逐漸脫離象形文字的階段，也反應這時期的兩河流域正值異族進出之際，不同語言及不同文字之間相互轉借與引用，正在促成文字造形的激烈變化。

兩河流域的圖形符號左轉
九十度成為水平橫躺的樣
子，等於宣告這時期的書寫
符號已經脫離客觀物象垂直
擺置的方位制約，顯示蘇美
人的書寫活動逐漸脫離象形
文字的階段，為往後的楔形
文字，營造一個純粹幾何抽
象的書寫形式。

從整體圖象到單位組構

西元前2500年左右，兩河流域北方的阿卡德人（Akkadian，屬於東閃語部族）往南方發展，生活方式和文化習俗與在這一帶的蘇美人相互融合交流。阿卡德人後來取代蘇美人，成為兩河流域南方新的統治者，阿卡德語也取代蘇美語，並成為整個美索不達米亞的主要語言，不過他們的文字卻改而採用蘇美人的書寫符號。

依照文字演化的經驗法則，不同語言或文字交流融合之後，字形和語意之間的對應關係會相對降低，文字做為代表語言聲音的功能，會遠大於外在事物的形象意涵描述。又由於聲音（語音）的呈現沒有可以固定下來的形式（如字形），書寫表現的自由度相對提高，而且往往朝抽象造形的方向發展。

也就是在這種不同語文的融合激盪之下，阿卡德人逐漸發展出一種以直線構成的幾何符號，並取代過去蘇美人用弧線刮劃的象形文字。這些幾何樣式的書寫符號，都是用蘆葦桿在濕泥塊上做壓印式的筆劃組合，每一個字形不是一條條筆直的細線，就是一節節的長三角形組合而成。這種又稱為「楔形」的三角形筆劃組成的文字，就是初期「完整的楔形文字（full cuneiform）」，簡稱「楔形文字（cuneiform）」。

不過，這種以現代人眼光看來，好像是完全幾何造形的雛形楔形文字，並非真正抽象造形的書寫符號。看起來全部用幾何筆劃組構的字形，其實只是順應周遭環境材料（鬆軟泥土）的方便性，及書寫工具（蘆桿壓印）制約下的長三角錐楔形外像。仔細檢視仍然可以看出象形文字的圖象形跡，只不過是單位筆劃的造形（楔形）統一，整體字形樣式更加簡化，骨子裡仍然是一種以物象為藍圖的幾何圖案化的象形文字。不同的是，蘇美時期的象形符號是整個事物的圖象描劃，阿卡德人的楔形文字是預鑄單位的分解組構。

從物象描繪的弧形刮劃到抽象筆劃的直線壓印，楔形文字的樣式從摸索到確立，前後大約歷經2000年，也等於西洋字母簡潔筆形和線性排列組構的孕育。

蘇美-阿卡德時期
西元前2200年

巴比倫時期
西元前1700年

一手拿著只有手掌般大小的泥板，一手拿著筷子般的蘆葦桿，就可以在掌中做上下左右變化的壓印，其實是一種非常有效率又有趣的「書寫」方式。

亞述時期
西元前700年

從楔形文字在泥土壓印，
到後來石板挖鑿的三角椎形，
再到現代字體的襯線，
可以看到古今文字造形共通的
基本元素。

引接抽象，邁向表音

由於阿卡德人擁有單一統整的書寫符號，楔形文字代表語言聲音的功能大幅提高，阿卡德語文成為美索不達米亞世界的通用語文，楔形文字也隨之散佈到兩河流域的周遭區域，許多與卡德語無關的語言系統，也紛紛加入使用楔形文字的行列。基本單位筆劃一樣的楔形符號，因此在不同的語言國度，由於不同語音特質和不同語意的表達方式，卻有許多不一樣的排列組構模樣。

兩河流域這種多語共用及折衷字形的情況，一直持續到西元前2000年之後，原先接續蘇美語文的阿卡德語文，開始分支為南部的巴比倫（Babylon）和北方的亞述（Assyria）兩個語族。不同語族之間的語文差異更加擴大，不同文字之間的字義更難直接引用，書寫表達語言的意義再度提昇，文字反應物象的需要更往下降。

首先與阿卡德語文銜接的巴比倫文字，進一步捨棄阿卡德雛形楔形文字殘餘下來的具象形似描繪，並強化抽象語音符號的創制。尤其是巴比倫時期的文字書寫已經習慣壓印式的書寫方式，只能表現簡單短促的直線筆劃，不適合實物意象的弧形線條刮劃。阿卡德時期的雛形楔形文字的筆劃，於是進一步精簡、字形體式更加統整一致。整個楔形文字形式至此完全底定，楔形文字的抽象造形完全確立。

不過，因為巴比倫時期的文字還是音節性質的書寫符號，多少還殘留某種程度的「表意」成分[註3]，等到西元前八世紀的亞述帝國興起之後，統一語言與文字的需要更形迫切，文字的形式便再更進一步地瓦解，成為許多單音性質的符號。亞述時期的楔形文字終於完全去除象形，也徹底切除表意的痕跡，所有的字形幾乎全部以同樣的長三角椎，做為每一個書寫符號的基本筆劃單位。

楔形文字的語音符號本質進一步確立，不只成為兩河流域最主要的書寫形式，也是西元前第一個千囍年之間，亞非地區最廣為採用的

文字的筆形體式在初創階段，
往往受限於書寫工具的制約。
等到文字的樣式確立且被普遍接受之後，
舊書寫工具制約下的樣式或細節，
往往會繼續殘留在新工具所產生的新式
文字形式裡。楔形文字在濕軟泥土上
「壓印」產生的三角椎形，仍然被
保留到後來的石灰板「挖鑿」
和石塊「雕鏤」的字形樣式裡。

楔形文字擺脫了象形
「指定」對象和表意文
字「限定」意涵的糾
纏，開創出文字無限語
意表達的空間。在漢摩
拉比法典中，已屆純粹
造形的楔形文字提供律
法條令闡述人際複雜關
係所需要的抽象語彙。

西方字體編排設計有所謂「沒有不好的字體，只有不好的字體編排」的說法。楔形文字單一筆劃造形組合的幾何字形，牽動西洋字體設計重視字與字之間的形式互動關係；楔形文字的單位組構概念，預告了整個西洋編排觀照整體版面的基本態度。（上圖為筆者設計的Trinity音樂學院課程簡介）

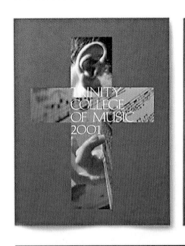

古文字。更重要的，楔形文字是西方文字疏離形符（如象形文字）和意符（如表意文字），轉向反映語言本質，做為表音文字的濫觴，也為整個西洋拼音字母的發展史拉開前奏性的序幕。

兩河流域之外……

幼發拉底河和底格里斯河是兩條極不穩定的河流，時而水勢暴漲，時而河床裸曝；沿岸的地形景觀每過一段時期，就因河水氾濫而徹底改頭換面；不同的種族和語言文化在這一帶進出交流，從四面八方時而湧進，忽又消失，前前後後將近5000年。「不定」的地形，及黃沙平原與丘陵之間「單調」的景觀，似乎是刺激人類強化內心想像以替代外在事物形象，所產生的文字創制動力。美索不達米亞的先民可以在4000年前發展出幾乎是二十世紀才可能想像得出來的抽象筆劃，與單位組構的楔形文字，這一方面是文字演化的「天擇」走向，也是兩河流域特殊環境下的「物競」結果。

註1：蘇美人（Sumerian）被認為是兩河流域最早建立城市的民族，卻不盡然是美索不達米亞最早出現的文明。根據紐約時報2010年4月5日的報導，最近在敘利亞北部的特拉載丹（Tell Zeidan）挖掘的烏佰（Ubaid）器物，顯示烏佰人遠在西元前5500年到4000年之間，就已經在底格里斯河上游一帶，過著類似城市的複雜生活型態。蘇美人很可能先承繼烏佰文化，再到兩河流域南方發展他們自己的文明。而大約西元前2500年同樣從兩河流域北方下來的阿卡德人，與蘇美人和蘇美文化之間水乳交融的情形，似乎也是順乎自然的發展。

註2：文字學界對蘇美人的文字突然左轉九十度，改為水平書寫的情形，從未有過學理上的解釋，而且相關著作在提到這個現象時，也都只是一筆帶過。筆者從視覺認知發展心理的觀點出發，認為這種不再依循萬物直擺的書寫形式，等於宣告文字符號脫離物象描述的象形文字階段，轉向幾何抽象的線性符號發展的前奏。這是筆者未正式研究的初步推論，期待學界先進的指導糾正。

註3：整字符號通常就是表意的文字類型，如中文漢字每一個字就是一個完整的符號，也表達一個獨立的意涵。表意文字往表音符號發展的第一步，通常先把整字符號裂解為幾個音節單位的符號，而且在新的音節符號樣式未明之前，經常會挪用現有某些整字符號權充新創音節的符號樣式，因此音節文字會殘留某種程度的表意成份。比如有些作為日本音節發音的漢字，意涵和發音都已經不是原來的中國字，但無論日本人或中國人，看到這麼一個字形符號，多少還是會連帶想到或聽到原來中文漢字的意涵。

文字的形塑：
埃及
Egypt

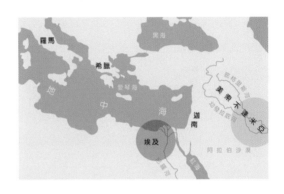

古埃及的文字書寫不只是一般交易記錄
的媒介，而是被視為神靈的附身表徵，
識字教育是上流階級的特權，擁有書寫能力
更是個人昇遷晉爵的最大保證。
尼羅河沿岸穩定的農耕生活型態提供社會
凝聚資源的條件，不只開創造人類普遍文明
歷史的基石，更是成就埃及無比璀璨書寫
文化的原動力。

2.2

一般人以為抽象造形的文字比具象描繪的文字簡潔，大部份文字學論述，也認為幾何字形比圖象符號，更能彰顯文字發展的成熟階段。不過就整個人類書寫的演化消長，及全球各地域民族使用文字的實際情形來看，似乎不盡然如此。中文漢字雖看似筆劃繁多、體形複疊，可是非但沒有匿跡的現象，也沒有因為只有26個書寫符號的英文字母盛行，而有消聲的可能。文字的核心價值，不在形式的簡單與否，重要的是準確轉述語言的功能掌握，及有效傳達語意的角色拿捏。人類的書寫符號或許有階段性的演進，但文字的外在形式卻不必然就會定於一尊。

兩河流域的楔形文字由單一筆劃樣式組合而的字形，固然為西洋拼音字母開創基本的組構模式，但如果與羅馬字母的多樣筆形及豐富體式相較，實在很難在這兩者之間找到形式上的具體脈絡關係。以現代英文字母為例，每一個字母必須具備字形的「骨架」之外，26個字母個個不同的面相，還必須藉由不同的「皮肉」[註1]來具體呈現。而且文字除了語音標示和語義呈現的基本功能之外，書寫經由人際交流和時空轉移的洗禮，也會把相關的社會思緒和文化想像，反映在文字的形式之上。

探索字母的發源地，不只兩河流域的美索不達米亞是一個重要線索，往西跨過阿拉伯沙漠和西奈半島，孕育整個古埃及文化與形塑古埃及書寫符號系統的尼羅河文明，也是西洋字母書寫另一個充滿人文意涵與藝術面相的可能發展源頭。

尼羅河的呼喚

根據地理科學的資料顯示，遠古時代的非洲並不是今日一般人心目中一片乾燥的荒漠景象，尤其是濱臨地中海的北非沿岸，也曾經有過一段碧草如茵的年代。只是到舊石器時代末期（18000年前），北

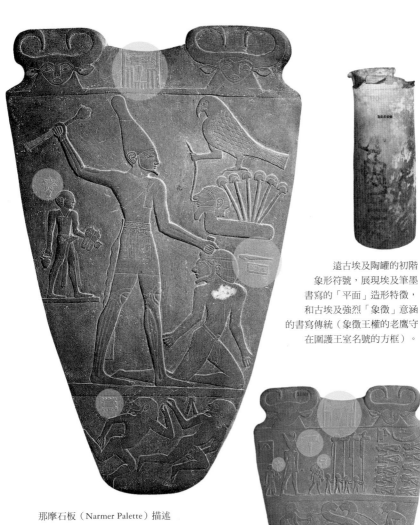

遠古埃及陶罐的初階
象形符號，展現埃及筆墨
書寫的「平面」造形特徵，
和古埃及強烈「象徵」意涵
的書寫傳統（象徵王權的老鷹守
在圍護王室名號的方框）。

那摩石板（Narmer Palette）描述
第一王朝時期的那摩王揮軍征服異族，
及統一尼羅河上下游兩王國的故事情節。
在強烈「表意」的圖像式描繪和視覺化
構圖當中，多處附加的人名稱號
（套色圈框），同時顯露埃及文字很早
就有「表音」功能的文字符號。

非的氣候開始變得非常炎熱乾燥，原本散居這一帶的遊獵民族，只好往有水草的地方聚集。縱貫東北非的尼羅河（Nile）沿岸河谷，便成為這些民族聚集屯居的地方，遠古埃及人也從原本四處遊獵的覓食方式，逐漸轉型為落地生根的農耕型態。

一般認為兩河流域的書寫文稍早於埃及，而且從楔形文字的形式很早就幾何化的情形，「書寫」這種概念有可能先從兩河流域開始，再輾轉傳播到尼羅河一帶。如果再相較於尼羅河周期性漲退帶來的肥沃淤積土質所形成的穩定農耕生活，兩河流域不定期氾濫的動盪環境，和長久以來不同民族文化的進出更替，促使該地區的部份族裔往西遷移，並因此引介文字書寫到埃及的可能性，也相對提高。

不過，兩河流域大量出土的文字泥板不只從未在尼羅河的書寫歷史中出現，埃及數千年來細膩寫實的圖象式字形，及濃烈筆墨書寫意味的筆劃，也和楔形文字的幾何樣式及壓印的書寫手法格格不入，就

尼羅河的書寫文明反應古埃及人生哲學思緒，嚮往來世，追求永生；
書寫形式因循傳統造形文化的「正面性法則」，強調永恆不朽的樣式。
看似完全寫實臨摹的象形文字，其實都是各人體景物最大特徵部份的組合樣式，
中圖為表示「筆座」的象形文字：左邊的筆架和中間的墨袋採取實物的側像，
右邊的墨盒卻是俯視的鳥瞰圖形。

算兩者之間有某程度的互動與影響，應該只是書寫概念的間接引介，而不是文字樣式的直接移植。

地理環境和書寫工具的差異造成文字的形式不同之外，從古埃及文獻資料裡，很早就有大量政治信仰的思想闡述，和社會文化的人文描述來看，古埃及的書寫活動似乎很早就超越兩河流域以物資簿記為主的書寫範疇。而且從古埃及的書記員在廟庭的吃重角色，和受人景

古埃及的書記員等於智識之神托特（Thoth）代理人。比較高階的書記官有如現代某些政體制度裡的「書記」，其實就是國家廟庭的實務掌權者。

埃及歷代有許多王子擺成書記模樣的雕像。貴為王子卻仍然以當書記為榮，可見書記的特殊身份及在埃及受人景仰的崇高地位。

仰的社會地位^{（註2）}，可以看出古埃及的文字書寫不只是一般交易記錄的媒介；識字教育乃是上流階級的特權，擁有書寫能力更是個人昇遷晉爵的最大保證。尼羅河沿岸穩定的農耕生活型態提供社會凝聚資源的條件，不只開創造人類普遍文明歷史的基石，更是孕育古埃及人文藝術特質，和成就埃及無比璀璨書寫文化的原動力。

書寫的軌跡

尼羅河河谷和兩河流域剛開始的文字書寫，都是模仿事物外貌的象形文字類型，但兩河流域的文字演進，很快就滑過象形的階段（前後大約250年），迅速成為幾何樣式的楔形文字。但古埃及象形符號的使用，卻足足延續了將近3500年之久，一直到西元後400年左右才正式劃下休止符。

兩河流域的書寫形式演變，是從泥籌代符到象形圖符再到楔形文字，有一個連貫性的發展階段，但埃及象形文字幾乎一開始就是相當精美細緻的圖象樣式，不只原始粗糙的字形資料少之又少，理論上精

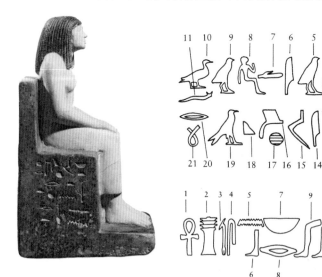

緻圖象之前應有的簡略象形符號，也幾乎付之闕如，古埃及文字源遠流長，其發源到今天還是沒有一個比較清楚的史實輪廓。所幸古埃及數千年來累積無數的石刻文字，提供了相當可觀的字形比對資料；尼羅河位處北非的乾燥氣候帶，大量書寫在莎草紙卷軸上的筆墨字跡，都還保存得相當清晰完好，仍能做一定規模的分析考證，對埃及古文字的發展演化研究，多少有一定的幫助。

　　西洋史學習慣上把古埃及30個王朝，分別劃分為史前期、古王國、舊王國、中王國、新王國及末代期等六個階段，中間還分別穿插

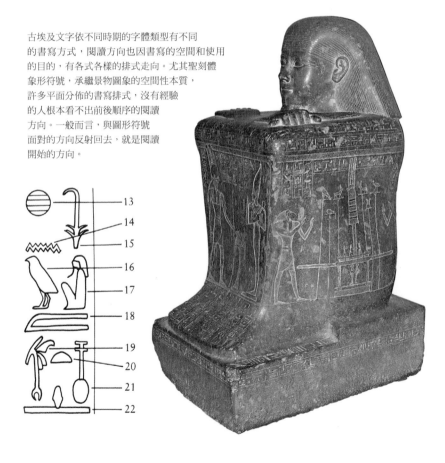

古埃及文字依不同時期的字體類型有不同的書寫方式，閱讀方向也因書寫的空間和使用的目的，有各式各樣的排式走向。尤其聖刻體象形符號，承繼景物圖象的空間性本質，許多平面分佈的書寫排式，沒有經驗的人根本看不出前後順序的閱讀方向。一般而言，與圖形符號面對的方向反射回去，就是閱讀開始的方向。

了三個間隔轉型期（註3）。古埃及的語文與書寫隨著這些朝代階段的更替，有繼承延續的書寫字形，也有創新變化的字體樣式，其中以聖刻體、僧書體、俗寫體、科普特體等四種字體，為貫穿整個古埃及文字書寫的主要樣式。

聖刻體（hieroglyphics）：一談到古埃及的文字，大家馬上會想到那些雕鑿在石壁和廊柱上極盡精美細緻的圖象式書寫符號，這是在一般人心目中最能代表古埃及的文字類型，也是最能展現古埃及書寫特色的字形樣式。剛開始，上自宮廷廟堂，下到工商俚俗的場合，都使用這種圖象式的字體來書寫，書寫的材質則是石材、木雕、莎草紙統統都有。但當文字記錄的活動大量邊增，書寫內容愈趨繁雜之後，耗時費力的圖象式字形便無法應付日益龐大的書寫需求。只有一些重要的文件書寫才負擔得起，特別是宮殿和神廟等重要的地方，才會堅

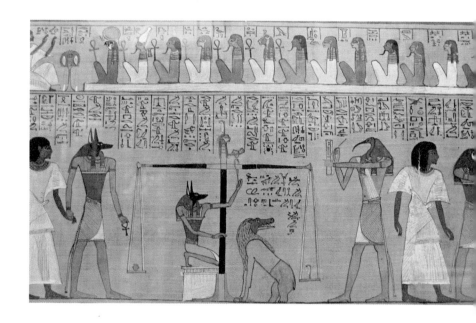

持使用這類型的字體，書寫的對象逐漸集中在這些地方的石牆廊柱上以鑿刀挖刻的讚頌文辭。後來的希臘人把這類鑿刻的圖象式文字稱為「聖刻體」（hieroglyphics），是古埃及所有的字體類型當中，使用時間最長的字形樣式。從西元前3100年一直到西元394年的最後一個刻碑為止，前後長達3500年之久的古埃及書寫歷史裡，都有數不盡的聖刻體文字足跡。

僧書體（hieratics）：人類歷史上每一個成熟的文字書寫系統裡，幾乎都會有正體與草體兩種書寫形式平行使用的情形；前者通常是繁筆的端正字體，主要用在正式場合的精緻類型文字書寫；後者大

聖刻體有鑿刻在石壁和廊柱的精雕細緻圖象（右）也有以筆墨書寫在莎草紙上的草書形式（左）。前者的字形樣式穩定，數千年沒什麼明顯變化；後者隨著快筆急書的方便性，逐漸演變成為不同時期的各種類型字體。

部份是一般性大量記錄的簡筆字形。同樣地，大概與聖刻字體同時或稍晚一些，一種簡化版聖刻體的字形樣式，也出現在古埃及的各種書寫活動裡，做為一般性文書資料和民間書寫記錄的文字形式。尤其從第四王朝（西元前2500年左右）起，埃及與地中海東邊沿岸的城市開始商業交易之後，大量的文書資料和工商記錄幾乎都是使用這種簡化版的書體字形。這種簡筆快寫的書體字形，從西元前2500年開始，與聖刻體相輔相佐同為古埃及主要的書寫形式，一直到後繼的俗寫體竄起並廣為流行之後，才從一般書寫的場合退下來，改而侷限在宗教性質的書寫活動裡，大多數由僧侶抄寫的字形樣式，稱之為僧書體（hieratics）。僧書體除了筆形簡化，書寫快速之外，基本上都是以筆墨書寫在莎草紙上，幾乎看不到鑿刀刻雕在牆壁廊柱的情形，是一種以表現語文傳言達意為主旨的書體形式，與前面的聖刻字體著重象徵意涵的刻體樣式，已有書寫本質的明顯差異和文字造形的相對變化考量。

俗寫體（demotics）：繼波斯（今天的伊朗）在埃及的勢力式微之後，希臘的影響力逐漸跨過地中海進入埃及本土，希臘語文開始影響埃及的文字書寫，希臘字母滲入埃及的書寫活動並和埃及文字混寫的情形，成為這時期的普遍書寫現象。西元前650年左右，一種更簡化、寫起來更快速的俗寫體，進一步取代僧書體，成為民間俚俗通用的書寫形式。這種混合埃及象形圖符與希臘表音字母的快寫書體，首次打破古埃及封閉獨立的書寫文化及自成一格的字形樣式；古埃及綿延3000年的圖象式書寫文化，從此混雜了表音性質的字母造形要素。而且此時由希臘傳入埃及的硬筆桿（styles）所寫的線型筆劃，取代埃及傳統上用平頭毛筆書寫的粗細變化筆形。古埃及書寫原本令人無限遐思的面紗從此開始退落，古埃及文字也從過去充滿象徵意涵的神秘圖符，逐漸回歸為語文溝通的工具性角色。

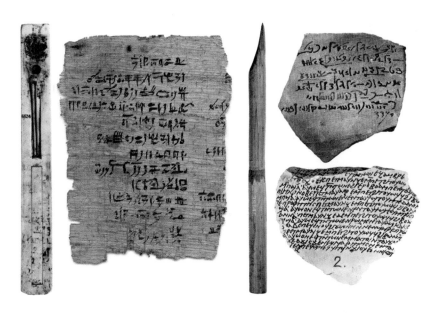

歷代埃及都有不同的書寫工具材料。左邊是用毛筆沾墨書寫的僧書體文字（hieratic）；右邊是西元前五世紀從希臘傳入蘆葦稈筆之後，埃及文字開始從粗細變化的筆劃轉為粗細一致的剛硬線條的兩種字體：俗寫體文字（demotic，右上）及科普特體文字（Coptic，右下）。

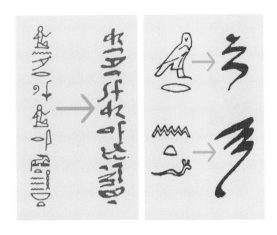

依據聖刻體簡化的僧書體文字（左圖）。簡化後的埃及文字書寫更加快速，而且字與字之間容易產生連筆合體（ligature）的現象（右圖），是西洋草寫書體的先河。

筆者正在揀選適合製紙用的埃及紙莎草。

1. 植栽　　　　6. 浸泡
2. 砍截　　　　7. 整平
3. 剝皮　　　　8. 佈排
4. 稿桿及花朵　9. 滾壓
5. 削片　　　10. 吸乾
6. 薄片　　　11. 磨修

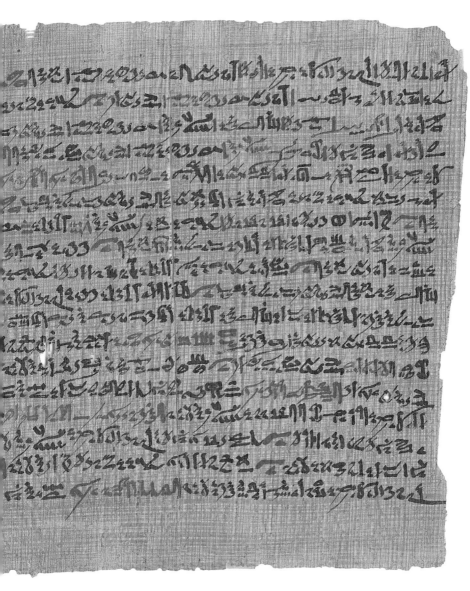

莎草紙是古埃及最主要的書寫媒材，方便水墨運筆，豐富字形樣式，
是古埃及嚴格控管的文化物資，也是古埃及書寫文明的競爭利器。

科普特體（Coptics）：西元前332年，亞歷山大大帝征服埃及，在尼羅河河口建立亞歷山大港城，埃及正式成為希臘的屬國。西元前304年，亞歷山大大帝的愛將托勒密（Ptolemy）督政埃及之後，後代埃及的君王從此都延用「托勒密」的世稱，開啟埃及文明泛希臘化（Helenization）的時代。希臘字母從此進一步凌駕埃及本土的傳統文字，同時促成埃及一般人的書寫，再度轉換為此時興起的初期基督教意味濃厚的科普特體文字。科普特體文字以24個希臘字母為基本字形體式，加上6個埃及的俗寫體文字，做為希臘字母裡無法發埃及語音的補充性符號。科普特體以希臘字母為主幹的書寫形式，從此把尼羅河的書寫文明正式推向表音文字的時代走向，古埃及前後超過3000年的象形類型的書寫形式，也從此一去不再復返。

象形的迷思

古埃及四大字體當中，聖刻體出現最早，使用的時間也最久，最能代表尼羅河書寫文明和整個埃及文字造形特色，尤其細膩寫實的樣式和高度藝術性的造形，一直被認為是人類象形文字的典型代表。相對於幾何造形的楔形文字，和表音代號的希臘字母，埃及本土文字給人的圖形意象特別凸顯，圖騰符號的神秘聯想遠超過語文書寫的角色功能。

西元前一世紀，希臘大史學家狄奧多魯斯‧西古魯斯（Diodorus Siculus）造訪埃及之後，便斬釘截鐵地認為，埃及這類圖象式符號不是正規的書寫文字，充其量只能算是事物印象的視覺紀錄而已。這種強調古埃及文字純粹視覺印象的看法，不只完全排除埃及文字可能的表音價值（phonetic value），甚至連文字做為人際溝通的表意價值（ideological value）也一併被忽略。怪不得古埃及象形文字除了被認為是異數的視覺圖騰之外，無限的神秘崇拜與傳說聯想也成為世人對

埃及文字的普遍態度，甚至讓世人對整個古埃及產生無限神秘的遐思空間。

　　一直到十九世紀初，埃及的書寫符號仍然是人類古文明中最大的謎團。無論是一般世人，還是專家學者，都認為以聖刻體為代表的古埃及文字只是象徵意涵的神秘圖騰，符號本身既談不上有語言發音的

Words are perceived by their specific world-shape outline.

聖刻體文字乍看之下，似乎是目不暇給的「各式各樣」圖形符號，但對行家而言，反而是在一片「均質」的書寫牆面中，提供「不同」字詞形狀識認時的必要細節。現代字體編排研究發現，一般人在作英文閱讀時，經常是借由熟諳的詞框（word-shape）作字詞（word）的辨識。只有透過足夠數量的「各式各樣」的字母（letters）形式，才可能組合出「足夠差異」的詞框，從而方便字詞的辨識，加速閱讀的順暢。

價值，當然也不會是一個符號代表一個語音的表音文字，更不可能是西洋拼音字母的前身或現代英文字母發展源頭。

表音的初探

十六世紀文藝復興崇尚人文、心儀古典的風氣，連帶點燃「希臘學」的熱潮之後，西方世界才相對地對希臘之前的文字歷史開始有一點點的好奇，但絕大部份仍然止於幾位希臘大哲的論談或延續古籍傳言的說詞。不過也因為有了這種好奇和初探，才激起後世有系統探索古埃及文字形式及其符號意涵的企圖。

十七世紀初的德國語言學家阿塔納斯柯雪・契爾學（Athanasius Kircher, 1602-1680），將多年埃及文字的探索資料歸納整理，開啟了埃及文物與文字的研究，並促成後世所謂埃及學（Egyptology）的建立，也為埃及古文字的解讀，開拓了一個有系統的研究方向。特別是契爾學也是第一位撰寫科普特文文法與詞彙的學者。由於科普特體文字是在埃及本土發展出來並通用於埃及民間的文字，這種「本土」與「民間」的特性，多少殘留了前期文字的痕跡，等於是古埃及語文與後世埃及書寫的橋樑，因此熟悉科普特語文一直被認為是解讀古埃及文字必備的知識條件之一。

除了從埃及本土文字做縱軸的判讀之外，十八世紀末的法國人約瑟夫・德・吉涅（Joseph de Guignes, 1721-1800），則企圖從整個人類文字演化的共同規律，以橫向連結追溯埃及和其他文明之間的文字淵源。比如他認為中文漢字的形式源自埃及的象形文字，但這種說詞缺乏確切的證據，不只在西方學界沒有獲得普遍的認同，就埃及文字的探源與本質釐清的工作也不具積極的意義。

不過，德・吉涅的另一個想法倒是對埃及象形文字的解讀，指出一個關鍵性要點：他認為聖刻體銘文裡經常出現的一種叫做名框

（cartouche）的圓桶形圈框，是專門用來圈選和強調帝后皇室的名號稱謂。既然圈框裡寫的是姓氏稱謂，裡頭的符號就有可能是一種專有名詞的「發音」記號^{（註4）}，而不只是一般事物的圖形畫像或飄忽不定的象徵圖騰。可惜當時研究埃及學的人，都還沒有足夠的古埃及語文能力，無法繼續深入考證，整個埃及文字又再度籠罩在神秘象徵和異教風味的氣氛當中。這種情形一直持續到十八世紀的最後一年，一件直接決定埃及文字解密工程史上最重要的古物發現之後，幾千年來人類書寫文明最神秘的謎團，才出現第一道破解的曙光。

十七世紀耶穌教會的語言學家阿塔納斯柯雪‧契爾學，將多年埃及文字的探索資料歸納整理，開啟了埃及文物與文字的研究，並促成後世埃及學（Egyptology）的研究。十八世紀末西方世界興起異域奇俗的探險風潮，隨之而起的考古學也因此有源源不斷的資源，作為史實論證和科學佐證的資料。尤其是這時候被重新發現的埃及古蹟文物，成為新興考古發掘的熱衷對象，也從此激發一連串埃及古文字解譯的熱潮。

世紀的解讀—羅塞塔石碑

西元1799年，一群進駐埃及的法國兵團，在尼羅河口靠近羅希（Rashid，古名為羅塞塔[Rosetta]）的小鎮從事防禦工事時，意外挖掘到一塊高118公分，寬77公分，重達726公斤的黑色玄武岩石碑，碑上銘文標明刻碑立石的日期為：托勒密王朝五世的第9年，即西元前196年的3月27日。這一塊後來被稱為羅塞塔石碑的發現，最教人興奮的是上面刻寫滿滿三大段的銘文，一眼就看出來是用三種文字對譯同一事件的頌文，從上而下依序為：最上面是聖刻體文字，中間是俗寫體文字，最下方則是當時托勒密王朝官方的希臘文字。這三種對譯的銘文等於是埃及文化從本土到殖民的史實紀錄，更是古埃及文字從象形、表意到表音的演變歷史之縮影。

只要透過下面「活」的希臘文與中段仍然保有古文字蛛絲馬跡的俗寫體做比對，就可以藉此進一步推敲出上段聖刻體的文字內容。面對即將解譯的聖刻體文字，甚至整個埃及五千年文字謎團的重要物證，可以想像當時的文字學家與考古學者的興奮心情。許多法國本土的飽學之士聞訊紛紛趕來，立即在當地展開考證與研讀之外，同時大量拓印石塊上的碑文，廣為傳送到整個歐洲相關古文字研究的學者手中，一場世紀性的解讀工程於是正式展開。

當時參與解讀羅塞塔石碑的專家學者中，最具關鍵性，也是直接打開埃及聖刻體文字謎團的，是兩位分別來自英國和法國的年輕學者。第一位是英國的年輕科學家與語言學者湯瑪斯‧楊格（Thomas Young, 1773-1829），他首先從中段的俗寫體與最下方的希臘文一一對照解譯，幾個星期之內就把大部份俗寫體文字的詞彙解讀出來。當他繼續與最上方的聖刻字體比對之後，發現大部份俗寫體的字形與聖刻體有很大的雷同之處，不同的是前者比較簡化，而且是明顯手寫草書的筆劃體形。

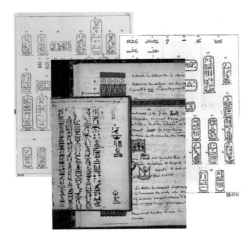

湯瑪斯・楊格及其對譯解讀的圖示筆記。

從湯瑪斯・楊格的發現，可以知道兩件事情：第一，聖刻字體與俗寫字體並非兩種完全分離的書寫樣式；第二，埃及的文字其實向來都是混合數種不同文字類型的書寫系統。由於湯瑪斯・楊格的貢獻，埃及古文字的解讀工作，不必再只停留在完全圖象符號的死胡同裡打轉，已經可以向「表音」符號的方向推敲驗證。

最後的聖杯

湯瑪斯・楊格雖然完成了羅塞塔石碑上絕大部份俗寫體文字的解讀，聖刻體文字部份的研讀也有文字屬性釐清與解讀方向指引的貢獻，但是整個埃及文字世紀解讀的最終成果——聖刻體文字完全解讀的聖杯，最後卻落在與他同時期的另一位競爭對手、來自法國的另一位更年輕的天才型文字學者的手上。

吉恩-弗朗卓斯・商博良（Jean-Francois Champollion, 1790-1832）是一位通達多種語言的文字學家，尤其他對當時在埃及民間仍然有人使用的科普特語文有相當透徹的了解。藉由科普特體文字與俗寫體文

羅塞塔石碑銘文上方是歷史最悠久
的聖刻體文字；中段是西元前500年
左右通行民間的俗寫體文字；
最下面是西元後196年刻碑
立石時的希臘文字。

埃及王位的正統繼承人，神的虔誠的信徒，埃及王國的重建者和人類文明的維護者，不可戰勝的，使埃及繁榮長達30年的，上下埃及的主人，拉神之子，永生的，普塔神的愛子托勒密王，在他在位的第九年的第四個月，為了鼓勵與讚揚那些決定永遠侍奉神的人們，根據埃及人的慣例，頒布詔令。詔令永生的，普塔神的愛子，托勒密王，老托勒密王和王后的兒子。他有恩於所有的廟宇及住在廟宇中的人們，是他捐獻了自己的物品——這些物品代替了神廟的稅收，是他帶來了埃及的繁榮，並且捐助建立了神廟，還有所有他的其他慷慨恩賜。他減免了各種苛捐雜稅為了使他的臣民在他的統治期間能更富裕的生活。他減免了王國中的窮人們的債務。他赦免了那些有罪的人。他聲稱，眾神應該繼續享有神廟的供奉就像他父親時代所做的。　他還宣布，考慮到祭司的特殊身份，他們仍舊可以繼續只交從他父親時代起至他即位以來所規定稅收量的所有權利。並且他還減少了每一年前往亞歷山大城聽取神諭的人數。他指出對海軍的印象，而且將不再增聘雇傭。他還為神廟因購買上等的亞麻衣物而要交的稅支付稅款。並且對任何過去被忽視的事情，他現在都要令它們重新享有正確的待遇，即要仔細地做到將貿易所得的一部分來謝神，並且這部分費用將被公平地奉獻給各個神。他命令歸還那些屬於武士階級以及在動亂時期遭受損失的人們的所有財產。他派遣騎兵、步兵和艦隊去抵擋那些想從陸地、海洋入侵埃及的敵人。這樣做雖然需要許多經費，但是它們卻能為神廟以及所有居住在埃及的人們帶來安全。而且他的部隊已經消滅了那些聚集的不虔誠反叛者。在他統治的第八年，由於他事先做了充分的準備已將那些叛軍包圍住了，當尼羅河的河水氾濫時，他利用洪水及他的軍隊將叛軍的基地給予摧毀，就像當年的神征服國家的叛離者一樣，他把那些給埃及帶來不安定的叛徒帶到曼菲斯後予以嚴厲的懲罰，同時他也舉行了豐收祭典並支付了在他統治的第八年屬於神廟的大筆開銷。並且免除了屬於神廟的神聖土地上的所有東西的稅收。由於他比他的前任君王們想得更周到，他贈送了許多禮物給那些在埃及生活的神獸，並且按照埃及的法律給那些死去的神獸特殊的聖殿，並為他們舉行隆重的祭奠儀式及花鉅資裝飾神廟。

羅塞塔石碑 簡譯文

字同為埃及傳統民間書寫符號的血緣關係，他很快就發現，整個羅塞塔石碑的銘文不只是俗寫體的部份，甚至過去一直被認為只是象形圖符的聖刻體文字，不只不全是直接事物的「象形」描繪，甚至連整意表達的「表意」符號也非常少，絕大部份其實都是語音拼讀的「表音」符號。許多看起來極具寫實的圖象符號，其實只是做為單音發聲的「音標」記號，比如其中一個貓頭鷹圖象的符號，既無飛禽動物的指涉，也無任何其他象徵意涵，單純只是/m/的語音記號。

商博良首先從被德・吉涅等人推測可能是圈繞皇室名號的名框著手。經過初步的比對，發現聖刻體段落裡出現圈框的地方，與另外兩段銘文（中段的俗寫體和和下方的希臘文）裡同樣是人名稱謂符號的相關位置完全吻合，證實圓桶形名框的確是用來圈選和強調帝后的名字與稱號。他很快就破解羅塞塔石碑上兩組名框內分別為P、T、O、L、E、M、A、I、O、S和C、L、E、O、P、A、T、R、A的語音符號，也就是托勒密國王和俗稱埃及豔后的克利歐佩特拉（Cleopatra）的名字。

緊接著，商博良以這兩組破解出來的語音符號為基礎，比對其它聖刻體的銘碑和文件資料上的書寫符號，又解譯出諸如BERENICE、CAESAR、AUTOCRATOR等，更多歷代在埃及出現過的皇室名號的發音符號之後，再回頭來逐步推敲羅塞塔石碑上全部的銘刻符號，並有系統地分類整理出單音、雙音、複音的表音性質符號及文法性質的限定符號（determinative）等。羅塞塔石碑的銘文至此幾乎已完全被解讀出來，聖刻體文字的謎底終於水落石出；古埃及歷代的各種文字類型也跟著一一被解讀出來，古埃及文字也有部份「表音」性質的文字書寫也從此真相大白。

聖刻字體表音性質的確立，固然削弱幾千年來世人對古埃及文字的神秘氣氛之遐想，另一方面卻也還原埃及文字應有的語言記述之功

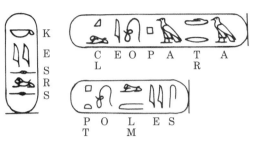

K E SRS

C E O P A T A
L R

P O L E S
T M

$=/m/$

商博良從皇室名號的名框著手解讀，
發現羅塞塔石碑銘文的圖象符號，
其實大部份是語音拼讀的「表音」符號。
比如其中一個貓頭鷹圖象的符號，
既無飛禽動物的指涉，
也無任何其他象徵意涵，
只是/m/的語音記號。

能角色，不再只是異教崇拜的神秘圖符。對以埃及做為西洋字母發源地的假說，更是一個令人為之興奮的重大發現與鼓舞，古埃及充滿象形圖騰的書寫文明與現代西洋簡潔明快的拼音字母之間，也更加一層親密的因緣關係。

註1：一般人看到英文區區26個字母，每個字母就那麼一兩撇筆劃；而中文一個字平均十來劃，加上五、六千個各式各樣的字形符號，就以為中文漢字的造形遠比羅馬字母複雜，其實不盡然。中文一個字詞（word）雖然是由許多筆劃組成，但個字詞就是一個字形（character），英文一個字詞卻要好多個字母連結拼音，每一個字母就是一個字形。中文的「獨」字的確好寫多劃，英文的「individual」同樣要寫完10個字母才算數，而且「individual」的筆劃顯然要比「獨」的筆劃多一些。至於筆形字樣的複雜度，中文漢字的基本筆劃形式固然不只「永」字八法，羅馬字母的筆劃樣式，無論橫直圓斜、點線長短，也是樣樣俱全。

註2：從最新發現一處埃及曼菲斯（Memphis）古城市長墓窟裡的器物，顯示他還兼具當時國王的財務總管及書記官，可見古埃及的書記在廟庭的重要角色和受人景仰的社會地位（2010年7月5日美聯社報導）。

註3：西元前3000年之前為史前期（Pre-history）；西元前3000年到2500年是初王朝（Early Dynasty，即一、二王朝）；西元前2500年到2000年是舊王國（Old Kingdom，三至八王朝）及緊接的第一轉型期（九、十王朝）；西元前2000年到1500年是中王國（Middle Kingdom，十一、十二王朝）及緊接的第二轉型期（十三至十七王朝）；西元前1500年到1000年是新王國（New Kingdom，十八至二十三王朝）及緊接的第二轉型期（十三至十七王朝）；西元前1000年到700年是第三轉型期（二十一至二十四王朝）；西元前700年之後是末代期（二十五至三十王朝）。

註4：專有名詞（proper noun）有如一個人的姓名，用來標示和稱呼一個特定（proper）對象。一個叫「陳查某」的名字，重點是在這三個字的字形（讀唸）和字聲（叫喊），至於是不是代表這個人老（陳）或女性化（查某）的字義，並不是這個名字的主要功能。

語音的初啼：
恐怖縱谷
Wadi el-Hol

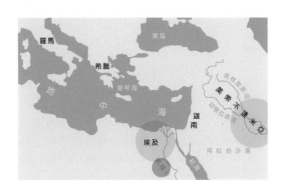

閃語部族在異鄉漂泊的工作環境裡，
避開繁文縟節，改用簡易形式的草寫字體，
做為創制自己語文的書寫符號藍圖，
是極其自然的合理選擇。把這些草創的
書寫形式，帶回廣大母語部族散居的區域，
也同時把把初階表音文字的概念，往北散佈
到地中海東岸，甚至遠至小亞細亞一帶。

2.3

古埃及文字在楊格（Thomas Young）和商博良（Jean-Francois Champollion）的世紀解讀之後，固然揭露聖刻文字也有表音功能的符號，但羅塞塔石碑上部份兼具表音功能的象形符號，充其量只是無數聖刻文字使用的一個案例。其它許多場合裡的聖刻文字，不只充滿表意性質的符號，仍有不少是真正目視即可意會的象形文字。況且羅塞塔石碑的銘文內容，係描述當地僧侶頌揚托勒密王室的事蹟，裡頭必然充斥大量的人名稱謂，出現表音功能符號的頻率，也相對比其它場合多。

　　古埃及各時期的聖刻字體符號，加起來總共800個左右，其中表音性質的符號其實只有100個上下。不能因為聖刻文字的圖像印象，就認定整個古埃及文字都是象形符號；也不應該就某些高頻率使用標音符號的個案，把所有古埃及的書寫符號皆視為表音文字。嚴格說起來，整個古埃及的書寫符號絕大部份都是表意混合音節（logo-syllabic）的文字類型，而且不同類型的書寫符號使用的頻率和比重，也因時空的變遷而有所差異。

埃及聖刻字體主要用在官方和廟堂的歌功頌德的展示（下）；草寫版的僧書字體則是古埃及實用的日常書寫字體（上）。僧書字體的簡化筆劃和抽象字形，更是西洋文字從聖刻字體的象形表意轉化為表音字母的關鍵性字形樣式。

龍瀧蘢礱霮鷚龍龍龍

屬於表意類型的整字符號（word sign）原本「獨體」、「整意」的方便性，在面對新字創制需求和表音的壓力時，往往採取「同形複疊」和「交互追加」的加式混合手法應急。這種文字學上稱為退化（degenerative）的現象及削弱文字創制能力的情形，古今中西皆有例可尋。

表意的負擔

古埃及在金字塔時期[註1]立意單純（目視即可會意）的聖刻體象形符號，到西元五世紀的托勒密王朝時期，已經不是一般常用的書寫文字。不只字形難辨，字意難解，千百年來的莫名曲解和神祕附會，把聖刻文字塑造成一種繁複和不可知的神祕圖騰，已經失去文字做為語言載體和書寫表達思想的功能角色。

雖然古埃及文字早就有一些表音性質的符號，但長久以來累積大量表意性質的整字符號，一直是廟堂人士所堅持的「正統」書寫形式，許多新字的創制只好在舊有符號的字形基礎上，隨機附加一些人工記號或堆疊裝飾性圖符，文字造形與語文表現之間失去應有的的邏輯關係。這種文字學上稱為「失能」或「退化」（degenerative）的手法下創制的文字，往往是字形疊床架屋，持續發展的結果，不是整個文字系統混雜不堪，就是最後被外來比較簡便的文字所取代。

如同中文漢字，表意類型的整字符號有「獨體」、「整意」的特點，就單純直述性質的書寫溝通有其直接明白的優勢，但就語言的衍創性（generativity）而言，缺乏詞類變化（動詞、副詞、名詞……

等）和文法區辨（現在式、過去式、未來式……等）的結構式彈性功能。同一屬類語意的辭彙，表音文字可以在使用同一個字詞（word）的原則下，運用字根或字首的局部變化（inflection），來延伸字彙和擴充句型[註2]；表意文字則必須一字一詞地創制更新更多的整字符號，來應付日益擴增的字詞及語意需求。現代漢字被迫簡體化，除了政治因素，與中文使用整字的表意符號更有本質上的宿命關係，古埃及的聖刻字體最後成為死的文字，也就是這個道理。

而表意文字最不方便的，是往往只做一般（generic）事物的內容表達，很少做專有（proper）名稱的對象指涉。簡單的生活環境中，表達外在的事物就像點名貼標籤，使用表意文字直接明白，綽綽有餘；小規模的初階社會裡，人口簡單又互為熟悉，人與人之間只要「嗨」、「喂」即可互打招呼。但在一個陌生群聚的都會環境裡（如兩河流域蘇美人的廟會場合），許多不熟悉的人在一起互動，知道對方的名字或稱謂比較方便溝通和進行交易，專有名稱的表音語辭有其須要，表音類型的符號也就就因應而生。

因此，尼羅河書寫文明裡部份表音性質的概念，如何從保守固舊的古埃及象形符號，輾轉演化成為後來的希臘羅馬拼音字母，想必與這種陌生文化之間的接觸，而產生「語文轉借」及「書寫異化」的現象有關。

象形的化約

知識界長久以來習慣把古埃及文明的活動範圍，侷限在尼羅河沿岸及臨地中海的河口三角洲一帶。除此之外，尼羅河兩岸往東及向西延伸的兩大片沙漠陸塊（埃及本土的北非沙漠及西奈半島和中東沙漠），似乎不可能引起埃及人的興趣。至於西奈半島的礦產開發和地中海東岸港城的境外交易，被認為是古埃及文明史上少數向外接觸交

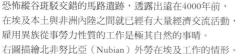
恐怖縱谷斑駁交錯的馬路遺跡，透露出遠在4000年前，
在埃及本土與非洲內陸之間就已經有大量經濟交流活動，
雇用異族從事勞力性質的工作是極其自然的事晴。
右圖描繪北非努比亞（Nubian）外勞在埃及工作的情形。

流的特例。而且從埃及在這些區域的活動，絕大部份引用「外勞」或
「傭兵」，甚少埃及本土人力參與的情形，似乎吻合古埃及文明基本
上圍繞在尼羅河流域發展的看法。

　　不過最近埃及內陸沙漠一帶幾項新的考古勘查報告，不只挑戰古
埃及文明侷限在尼羅河沿岸的傳統看法，其中幾個與古文字有關的發
現，更直接挑戰過去以埃及境外做為西洋字母發源地的論點。

　　1988年一位剛獲得博士學位名叫約翰‧達尼爾（John Darnell）的
年輕考古學者，受聘到距開羅三百哩之外，位於路克索（Luxor）古
城的芝加哥古文學院（Chicago House），從事古文字抄寫和譯釋工作
時，無意中在附近的沙漠地帶發現數條由無數古陶罐碎片鋪成的「馬
路」遺跡。從這些斑駁交錯的馬路遺跡，達尼爾直覺地推論這些向來
被認為人煙絕跡的埃及西部沙漠地帶，遠在4000年前左右，就已經是
有大量交通往返的馬路網絡系統，是埃及本土與非洲內陸之間的經濟
活動與文化交流的管道，說明古埃及文明除了聚集在尼羅河沿岸發展
之外，很早就有向周遭區域推廣擴散的推論。

達尼爾於是在1993年成立了一個針對這些地方的勘查計劃。到2004年為止，前後共做了13次的實地挖掘與勘查的活動。1998年在尼羅河以西的恐怖縱谷（Wadi el-Hol）沙漠地帶發現的岩石銘刻，是一種紀錄閃語的字母性質符號，同時這些銘刻的字形筆劃都有明顯埃及象形文字的痕跡，尤其一些形似牛頭、眼睛、房子、蛇和流水的符號，幾乎就是埃及象形文字的翻版，或稍做簡化和書寫方向的變動。

　　恐怖縱谷所發現的銘刻，雖然是明顯沿用或仿擬埃及象形文字的書寫符號，卻又不完全是典型埃及象形文字的聖刻字體樣式，倒是與草寫形式的僧書字體頗多相似之處，有些甚至是僧書體才有的筆劃特徵。比如其中一個坐姿人形符號下方附加的一個類似「Z」形的裝飾性記號，在聖刻字體很少見，在僧書體倒是經常出現。

　　僧書字體係根據聖刻字體簡化而來的草寫形式，是當時通用於民間的一般性書寫的字體形式。在埃及西部沙漠地帶的驛站，無論工作還是駐守，僧書體的簡化筆劃和字形可以快速書寫的方便性，想當然是在這種偏遠地區以「實用」為主要考量的適選書寫形式。而外來的異族在他鄉工作及在沙漠漂泊的生活環境裡，避開繁文縟節的聖刻字體，改而採用草寫形式的僧書字體做為創制自己語文的書寫符號藍圖，是人之常情，也是極其自然的合理選擇。

表音的需求

　　可以想像，被派遣到這些偏遠沙漠地區工作人員的書寫能力，一定比不上埃及本土的文書人員的專業品質，對埃及傳統文字書寫的正統性可能不那麼堅持。再加上配合蜂擁而至的異國勞工和外籍傭兵的名冊登錄，有必要採用簡化易寫的僧書字體，並配合外來人名語音的特性做必要（或隨機）的字形更異。

　　在這種經濟發展機緣和簡化字形的考量之下，古埃及象形文字裡

在恐怖縱谷所發現的銘刻（上圖），與埃及草寫形式的
僧書字體頗多相似之處，有些甚至是僧書體才有的筆劃
特徵。比如其中一個坐姿人形符號下方附加的一個類似
「Z」的記號，在聖刻字體中很少見（下圖左一），卻是
在後續簡化之後的僧書體才出現的字形樣式（下圖右）。

耶魯大學的東方古文物學者
約翰·達爾涅夫婦，共同在
在埃及西部沙漠發現的閃語
銘刻，把過去以為西奈就是
最早出現表音字母的說法，
往前再推回二到三百年。

原本就有一些專門標示語音的符號，於是被挪用過來拼寫「外國勞工」和「外籍傭兵」音譯名字。一種以表音為主的字母性質的文字類型，也因此可能就在這種侷促和簡陋的時空環境裡被創造出來。

這些大部份屬於閃語部族的「外國人」，把在這些沙漠地區草創的書寫形式，帶回廣大閃語部族散居的區域，進而把這種初階表音文字的概念和可能的字母書寫形式往北散佈到地中海東岸，甚至遠至小亞細亞的南部一帶，最後再由該地區的另一支閃語部族的腓尼基人輾轉傳到希臘及後來的羅馬人手上，是一個書寫文化碰撞與表音文字初始演化的可能歷史場景。

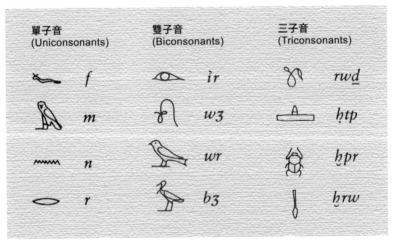

埃及古文字裡的標音符號，分為單子音（uniconsonant）、雙子音（biconsonant）和三子音（triconsonant）三種子音符號。閱讀時依前後句的語意情境，再注入適切的母音發聲。這種必須仰賴互濟標音（phonetic complement）的限制，促使古閃語文字採用附加弱子音（weak consonant）提示母音發聲的機制，也預告西洋文字將從音節文字進一步裂解為子音、母音各為獨立符號的拼音字母。

子音的角色

古埃及文字裡雖然有三種子音符號（單子音符號、雙子音符號、三子音符號），但這些子音符號並不具備發聲（vocality，無母音無從發聲）的標示功能，無法針對個別符號發聲，必須在閱讀時，依前後句的景境和文意了解的程度，再注入適切的母音做完整的音節發聲。這種既沒有「固定」母音標示功能，也不具備「獨立」語音價值的符號，嚴格說起來只是類音節（semi-syllabic）的書寫代號，還不能算是真正字母（alphabetic）性質的子音文字[註3]。

這類初期閃語表音符號雖然源自埃及文字的樣式，但不同於埃及象形文字的明白顯義和限定記號的清楚指涉，口語說話時可以提供足夠的前後語意情境，導引適配的母音穿插其間，閃語新創的每一個子音符號，就像一個沒有叔叔、伯伯、阿姨、姑姑的失怙小孩，必須自己想辦法尋找一個可依附的長輩一樣，也因此被迫要尋求或創造一種能夠提示母音發聲的書寫機制。

閃語部族在轉化埃及書寫符號的過程中，雖然拋棄象形和表意的考量，但埃及文字裡用來提示字義的限定記號（determinative），倒是被延用過來作為閃文裡母音發聲的提示記號。只是閃文的母音提示記號不像埃及的限定記號有獨立的字形符號，而是把閃文裡原本就有的某些子音性質的符號，附加在主要子音（main consonant）的後面，做為指定母音發聲的功能，在文字學上稱為弱子音（weak consonant）符號。

這種附加弱子音指定母音發聲的書寫方式，不只恐怖縱谷的閃文符號如此，事實上，幾乎整個中東的古文字都是這種指定母音的標示模式。閃語表音化的文字書寫，一方面形塑子音的符號形式，另一方面也凸顯穩定母音發聲的欲求，同時埋下後世尋求子、母音俱全的「拼音字母」書寫的伏筆。

出埃及記

埃及本土聖刻字體的表音真相,加上恐怖縱谷的類音節符號及弱子音記號的使用,共同為整個西洋「拼音」字母的探源,提供了另一條可能比楔形文字更重要的線索:從尼羅河三角洲往東的西奈半島,是與字母的使用息息相關的舊約聖經發源地;西奈半島之後往北經黎巴嫩到地中海東岸一帶,正是後世的腓尼基人把雛形字母傳遞到希臘的起點。

一條總合近東兩河流域的書寫符號,和東北非的埃及文字系統的字母探源起跑點,已經逐漸浮現出來。從這個起跑點展開的各個標的及其連結過程,也將隨著聖經「出埃及記」的路線,跨過紅海,進入西奈,展開下一回合的西洋字母之旅。

註1:金字塔時期(The age of pyramids)是舊王國末期的第六王朝時期,西元前2300年左右。

註2:表音文字的符號本身沒有意義,同一個字詞只要透過如字根或字首的變化,就可以反應該字詞的文法類型及衍創新的延伸字彙,如:sing, sang, sung, sings, singing, singer, singers, song, songs, songstress, songstresses。

註3:美國銘文學家蓋爾柏(Ignace Gelb)認為人類的文字演化,依序為象形、音節、子音、拼音四個階段。他反對古埃及子音符號的說法,認為從象形跳過音節直接到子音,不吻合人類書寫認知發展的合理順序,因此主張古埃及的表音符號是音節性質的文字。

表音的火花:
西奈
Sinai

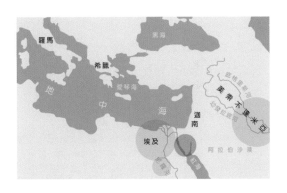

字母是從何時、在何地、以何種方式往
何處散播?其中涉及的時空分布,以及不同
種族、文化、語言之間的交流互動,都是
釐清整個表音字母演化過程的點點滴滴。
透過閃語文字與埃及象形符號的關係,
整個西洋拼音字母的歷史重建工程,終於
浮現一個真正可能發源的「起點」。

2.4

西洋拼音書寫的演變過程綿延數千年，字母的探源如果只鎖定在兩河流域和尼羅河河谷，必然是過份簡化的兩個端點。況且以兩河流域和埃及為字母源頭的說法，也是十九世紀，尤其是在古埃及部份象形符號兼具表音功能的發現之後，才逐漸取代以腓尼基傳入希臘為西洋字母起源的傳統認識。

我們縱然可以接受古埃及文字為西洋字母源頭的說法，但字母是從何時、在何地、以何種方式，開始從埃及一帶往何處散播？其中涉及的時空分佈以及不同種族、文化、語言之間的交流互動，都是釐清整個表音字母演化過程，所必須觸及的點點滴滴。

字母歷史的重建

要想從有限的古籍資料和偶發的考古文物，來重建一個完整的字母發展史，似乎是一項永遠無法完成的文化工程。字母的發源，從希臘時期以來就有許多傳說，也有史論資料和各種穿鑿附會的聯想。無論是西元前五世紀希臘史學家希羅多德（Herodotus）認為腓尼基王子卡德摩斯（Cadmus）把字母直接傳入希臘的說法，還是柏拉圖引用字母源自古埃及智識之神托特（Thoth）的傳奇，十九世紀之前有關字母起源的論調，不外神授（如托特神授予埃及人文字）和跨文化引借（如腓尼基字母傳入希臘）兩種範疇。

神授的隱喻：無論「神授」或「跨文化引借」，權威說辭和主觀闡釋往往遠超過客觀論證的歷史資料。不過，字母的發源遠在科學時代之前，神授與權威似乎是一種不得不參考的資料來源。尤其神授說的資料大部分記載在聖經典籍裡，特別是舊約聖經歷經數千年書寫和傳誦的歷程，本身必然兼具某種程度的史料之記載。

舊約聖經「出埃及」篇章裡，摩西十誡提到聖約上的文字等同於上帝的口述言辭，除了強烈的神授意涵之外，「出埃及」本身的描述

摩西在西奈山高舉十誡嚴禁
膜拜偶像的誡令，隱約宣示
西奈的閃語民族將告別埃及
過去一直引以為傲的象形符
號，轉而向一個標示語音的
抽象書寫符號邁進。

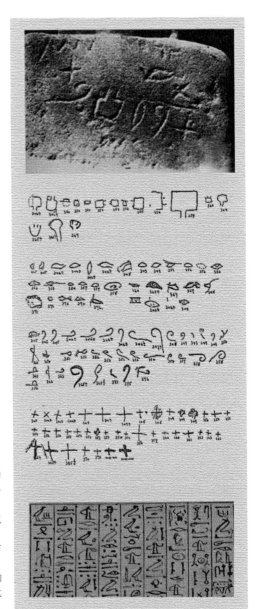

西奈地區的書寫符號，
除了共同指向書寫閃族的
語言之外，符號的樣式也幾乎
都有埃及象形文字的痕跡。
歷來搜集的各種書寫符號，不只
應用的對象與場合不同，
字體結構和筆劃樣式也都有
所差異。同一個字形，
也可能因書寫者的能力或認知
的差異，而有多種細節變化
甚至扭曲的情形。

其實也是史實資料的一種記載形式，對於字母起源和古埃及文字之間的「跨文化」淵源，有著直接指涉的內容描述。另外，摩西高舉的十誡裡禁拜神明偶像的戒律[註1]，似乎預言源自具體象形符號的拼音字母，勢必轉化為抽象書寫形式的史實。

理性的呼喚：語言的聲音形式在錄音設備發明之前，除了代代的口耳相傳之外，並無其他方法可以留下具體的記錄，但語言的視覺形式，倒是可以用書寫的方式流傳到後世。所以從古到今關於文字學的研究，幾乎完全憑藉文字的外在形式作比對推論，尤其是古埃及象形文字和中國漢字豐饒的書寫形式，更是文字學者專家趨之若鶩的研究對象。

不過，如果只在文字的外在形式做推敲，難免會落入個人主觀偏好和偶發細節的附會與聯想。同樣的一個書寫符號，不同專業背景（文字學、語言學、考古學）的解讀與結論可能有天壤之別。況且文字除了外在視覺形式的呈現，更是內在語言內涵的表達符號。鑑於人類語言本質的普遍性，如果文字歷史的重建和字母發源的探索，也從語言本質的角度加以檢視，顯然要比只在眾多混雜文字外在形式上打轉，更有可能理出人類文字演化的共同因子。

象形文字	限定記號		表音符號	
書寫	男性			/i/
太陽	女性	男書記		/w/
房舍	弱小			/m/

橡 鴨 猜

埃及後期的象形文字、表意文字和標音符號的大量混置及限定記號的隨機配置，逐漸把古埃及文字推向神秘異教般的象徵圖符。同樣的，中文漢字長久以來在轉注與假借之間左右閃竄的結果，不只傳統的象形盡失，所標榜的表意也逐漸式微：木、象「橡」的確有聲有色；甲、鳥「鴨」也還可以會意；狗、青「猜」可就怎麼猜也猜不著了。

十九世紀初興起的語言學和近代考古學的突起，字母探源的方法除了原有的視覺形式比對之外，又增加內在結構的語言性論證。又同樣發源於十九世紀，由生物科學開發的樹狀結構分析，和二十世紀初開始風行的減式演繹法則的運用，一時之間，整個文字歷史的重建和字母源頭的探究，大力往理性分析的方向推進。而這時興起由國家或基金會支持大規模有系統的考古挖掘，有大量出土的實物比對之外，加上分子化學檢測為主軸的科學印證，二十世紀之後的字母歷史重建工程反而以前更可以期許。

西奈的火花

　　尼羅河文明雖然發源在北非大陸，整個古埃及文明和近代埃及政經文化的發展，幾乎全發生在近東（或中東）的亞非交界區域。尼羅河沿岸特產的紙莎草（papyrus）是古代埃及與地中海東北沿岸國度的主要貿易物資，透過這些交易活動，埃及文明很早就與整個迦南大地（Canaan，地中海東邊沿岸與約旦和敘利亞之間的古地名）的民族文化有所交流。特別是隸屬埃及的西奈半島，是近東銅礦的主要產地，尤其位於西奈半島西南部的舍羅比（Serabit el-Kadim）一帶，經由流質銅礦與特殊岩石化合而成的各式各樣迷人的綠松石礦，更是舉世聞名埃及傳統飾品的原料產物。

　　綠松石的開採與礦權的維護，固然是促成埃及很早就涉足西奈沙漠山區的經濟動因，但習慣於尼羅河安逸文明環境的埃及本土人士，都不太願意前往這些荒野地區從事礦產開採的工作，這類粗劣艱苦的工作，於是落在一群在埃及人眼睛中屬於「外勞」的南閃語部族（South Semitic）身上。這批閃語族群的來源歷史上並沒有明白的記載，但籠統地包含阿卡德人（Akkadians）、泛迦南人（Canaanites）、腓尼基人（Phoenicians）、希伯來人（Hebrews）和阿拉伯人（Arabs）

等語族，他們在整個中東和近東的沙漠和山區漂流生活了好幾千年，在古西奈半島定居下來的族裔，就成為埃及在舍羅比開採綠松石礦的主要人力資源。

閃族的漂遊語言從此在西奈半島，與古埃及文字展開一段異文化交流的歷史淵源，閃人因而創造的書寫符號，也成為新時代字母文化發展的觸媒。不過埃及文字和閃文書寫之間的可能關係之解讀，一直要等到二十世紀初才開始有考古證物上的突破。

異文化的激盪

1906年，英國考古學家威廉‧佛萊德‧佩特瑞（William Flinders Petrie, 1853-1942）在古西奈半島南部的廢棄綠松石礦區一帶從事考古研究時，發現一些他從來沒看過的奇特刻劃符號。尤其在礦坑出口和附近類似廟宇的廢墟，有多處刻寫著類似埃及聖刻字體的象形符號，仔細比對又有一點像僧書體，顯然是模仿或受埃及文字影響的書寫符號。但這些符號的樣式細節和排列方式，卻又與埃及的象形符號有所不同，既不似象形符號的物象描繪，也沒有表意符號的整義表達。但是可以感覺得出來，這些看似個別零散的刻劃，明顯不同於埃及的另一種語文系統的書寫符號。

雖然佩特瑞有些阿拉伯語的底子，但也只能臆測，這些大概是整個地中海東岸很久以前使用過的一種字母書寫形式，不過他卻大膽地認定，這些刻劃是以色列人出走埃及往迦南地遷移時，在西奈半島途中所創造的字母符號。佩特瑞的發現與看法，大部份是地緣關係的分析輔以符號形式的類比，再加上傳統聖經內容對照之下做的推論，至於這些書寫符號的具體內容，卻不是他有限語言能力所能解讀。

不過他這項發現的重要貢獻，除了合理推斷這些混合字形的刻劃，是從埃及文字到後世拼音字母之間的轉型樣式。尤其是他整理的

大約在西元前二千年，埃及開始在西亞從事貿易和礦產開發，這個區域的各式人種成為這些埃及經濟特區的「外勞」。這些大部份來自今日的以色列、敘利亞、黎巴嫩、約旦的「外語」人士，就成為把埃及象形符號轉化為表音文字的推手。對於到異地討工作生活的人，書寫的最大意義在提供語言內容的轉述功能，文字樣式的適性和書寫排式的規矩，往往比不上搶眼奪目的刺激考量（左下圖）。

美國紐約市法拉盛

不同語言文化交錯碰撞之際，常常會出現類似字謎（rebus）的手法，在本土與外來語文之間，作隨機碰撞的諧譯：「網腳」一出，無論台語、國語、英語，通通一網打盡。

台灣新店市

以外勞為對象
的通訊市場海報。

145

威廉・佩特瑞（William Petrie）在舍羅比綠松石廢礦區的發現（左）加上艾倫・賈第納（Alan Gardiner）的獅身人像銘刻上的前西奈文（Proto-Sinaitic）解讀（中），把字母發源的落點定在西奈半島的丘陵山區；威廉・歐布萊特（William Albright）則把西奈半島沿著地中海東岸向北延伸到靠近小亞細亞（今日的土耳其）南部邊陲之間，所有表音書寫符號，統稱為迦南字系（Canaanite writings）（右）。

這些區域的各種刻劃記號，比後世所知道的腓尼基字母符號的數目還要多，從字母符號的數量是由多到少精簡演化的通則，西奈半島的閃語字母，顯然比腓尼基字母出現的時間更加久遠。佩特瑞的發現與推論，也把過去一直以腓尼基字母為西洋字母原始源頭的說法，至少又往前推進將近1000年之遠。

第一片拼圖

　　就在佩特瑞西奈半島發現綠松石廢礦區刻寫符號的第10年（1916年），另一位英國的考古學家艾倫・賈第納（Alan Gardiner, 1879-

1963），也到現場看過這些銘刻。首先他發現在這些符號當中有一些是專門用來表達閃族的人名稱謂，而且這些符號的形式與稍後會提到的迦南字系，及更後面的腓尼基字母，都有相當一致的相似之處，於是他論定後世腓尼基字母的線性形式，應該是從這些半象形符號延伸演變而來。有了從這種推論，賈第納確信，從西奈閃文符號到泛迦南書寫，再到腓尼基字母的線索追蹤及其貫穿連結，將是遲早的問題。

有了這種西奈半島象形符號可能是表音字母的信念之後不久，賈第納果然就在原先綠松石廢礦區，發現一組音讀為「b」、「'」、「1」、「t」的符號組合。這個發現非同小可，因為已知的閃文書寫只有子音符號，依注入母音發聲朗讀的原則，「b」、「'」「1」、「t」四個符號，就可以唸成「balat」（「'」是一個不具語音價值的記號，因此不注入母音發聲），而「balat」的讀音，正好是閃語裡等同古埃及哈陶爾（Hathor）女神名字的讀音，證明「b」、「'」「1」、「t」是用閃文譯寫「Hathor」一辭的符號。與埃及文字不同的是，這四個符號並不具備任何象形圖示或表意內涵，基本上只是代表子音發聲的書寫符號。

賈第納整理的這些閃文刻劃，雖然還沒有母音符號，但明顯已是一種表音性質的書寫符號。西奈的閃語文字是最早以表達語言發音為主的字母符號之推論，於是獲得初步的肯定。

如果說商博良的羅塞塔碑文解讀，是埃及文字有標音傾向的發現，賈第納的「b'lt」銘刻推論，則是全面性表音字母起源的標定。十九世紀之前，一直以為腓尼基字母可能是引進拼音字母的源頭說法，如今可確定必須再往前推至西元前十八世紀的西奈半島一帶。而且透過閃語文字與埃及象形符號的直接關係，字母的源頭終於有一個與遠古（埃及）書寫符號建立歷史脈絡關係的基礎。不只打破了過去以希臘為主的古典字母發源論，並解開腓尼基字母來歷不明的迷惘。

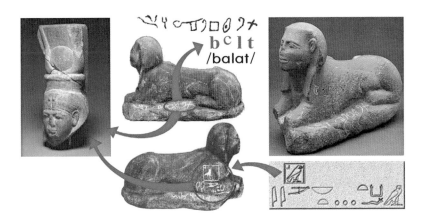

這座紅砂石獅身人面小塑像，右側肩身刮劃的埃及聖刻體文字，意為「祈求Hathor（綠松石女神）保佑憐愛」。塑像兩側檐面上又另外各刮劃一組橫向排列的符號。這兩組符號雖然有點像古埃及的文字，但不像聖刻字體的具象圖樣，也沒有僧書體的流暢筆形。其中有4個明顯依固定順序排列的符號組合分別為閃語「b」、「ʾ」、「l」、「t」的語音符號（其中第二個是近乎尖銳喉聲非語音符號），注入母音於其間之後就成為「balat」的發音，而「balat」一語就是閃語中等同埃及綠松石女神Hathor的名字讀音。

整個西洋拼音字母的歷史重建工程，至此終於浮現一個真正可能發源的「起點」。

　　西奈半島林林總總出土的古物銘刻，除了共同指向紀錄閃族的語文之外，所發現的銘刻符號，也幾乎都顯露埃及象形文字的痕跡。從西奈半島舍羅比礦區的開採，和恐怖縱谷馬路網絡的闢建，都是引用閃族人力資源的事實，以及兩處所發現的銘刻都是做為紀錄閃語書寫符號的發現，除了經濟開發促成異文化接觸，並引發以埃及古文字為藍圖創制雛型子音符號之外，埃及歷史裡與閃語民族，尤其是同為閃語民族的希伯來部族之間的聖經事蹟（摩西原先成長於埃及貴族家庭，最後帶領希伯來族人出走埃及，渡紅海跨西奈的故事），進一步補強古西奈字母源自古埃及文字的說法。

　　西奈半島舍羅比廢礦區一帶發現的古西奈文字，後來經由書寫符號形式的進一步比對，並輔以語言內在結構性分析，在二十世紀初前後，逐漸成為公認的西洋字母發源的關鍵性起點，更進一步肯定西洋字母的發源，仍是古埃及文明與閃語文化合作交流之下的產物推論，一方面取代過去古埃及文明設地自限的說法，另一方面鞏固西洋字母源頭來自埃及的論點。

註1：十誡（Ten Commandments）是上帝在西奈山對以色列人說的道德戒律，後來交給摩西（Moses）或由摩西寫在兩塊石板上，昭示所有子民世代嚴守，不得犯禁。摩西十誡第三條：「汝等不得塑造偶像」的戒律，除了強化基督教單一神祇（monotheism）的宗教本體，也藉此禁制教徒從事西臘羅馬異教（paganism）時期的多神（polytheistic）偶像崇拜。

子音的實驗：
迦南
Canaan

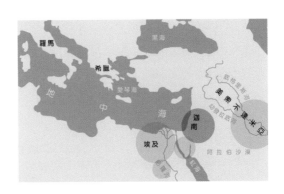

所謂雛型字母不只在西奈和埃及西部
沙漠才有，從波斯灣海口往上延伸的兩河
流域楔形文字；往西跨過敘利亞到
土耳其一帶的西台象形符號；往南順著地
中海沿岸一直到東北非的埃及象形文字，
或多或少與字母的孕育與形塑有一定
程度的互動影響。西洋拼音文字的發源，
也從過去單一源頭的說法，逐漸趨向
多頭發源的論述。

2.5

無論整個人類文字的發源地是從何處開始，目前所知道的是古埃及象形文字透過西奈的閃語文字，正在轉化成為一種以表音為主的書寫形式。但從埃及、西奈到後來的腓尼基人之間，這條字母演化的可能路線又是如何連接？這之間必然還有許多漏失的環節。

　　西奈半島的雛型子音符號（proto-abjad）已提供一個令人興奮的起點，不過，更清楚解釋古埃及書寫文明如何從象形表意走向拼音字母的考證基石，還有賴於更廣泛和深入的發現與挖掘。廣泛檢視古埃及文字與閃語民族之間互動的底層關係，必然有助於深入瞭解字母發源的來龍去脈。如同上帝對以色列人的承諾，從西奈繼續往北前進到整個迦南大地，是建立西洋字母系譜的另一個發現之旅。

多源字母

　　有了佩特瑞的發現再加上賈第納的解讀之後，字母起源的探索引起考古界及語言學界的狂熱興趣。為了拼湊更完整的字母發源拼圖，後續又有許多與西奈字母同樣具有標音字母的書寫符號，陸續被發掘與解讀，尤其一些以國家名義和大基金會支持的考察隊加入這一股字母探源的行列，更把字母起源的探索推向前所未有的高潮，考察的地域也不再限於西奈半島一帶，而是往北擴充遍及整個泛迦南區域。

　　表音性質的字母銘刻不只在舍羅比一帶有所發現，也不只散佈在西奈半島，幾乎整個地中海東岸整段古區域，甚至北至小亞細亞，都有類似的文物不斷被挖掘和發現。因此，西奈半島舍羅比廢礦區固然可以確信是表音字母的發源地，但也不盡然就是唯一的發源地，整個西洋拼音字母系統，也不是從埃及到西奈半島便一蹴可幾。

　　所謂雛型字母（proto-alphabet）不只在西奈和埃及西部沙漠才有，埃及文明並不盡然是與閃語文化碰撞的唯一火花，從尼羅河河谷到兩河流域之間廣大區域的語群部族，都可能是閃語民族交流互動的

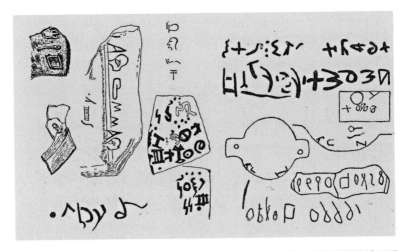

整個大迦南地區發現的書寫符號不但分布零散，而且大多是斷章殘片，根據統計將近有四百個字母符號，雖然大部份都已經從西奈的類象形文字，轉型為表音性質的書寫符號，但年代早一些的書寫符號，仍然可以看到象形文字的痕跡和音節文字的意識，顯然實驗階段的記錄符號性質遠大過穩定時期的書寫文字。

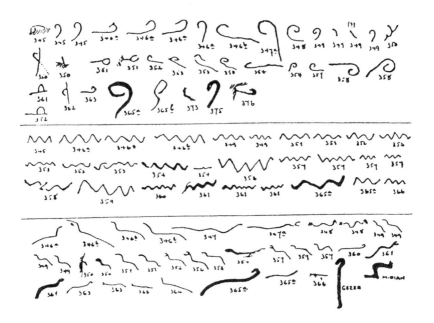

對象。從波斯灣海口往上延伸的兩河流域楔形文字；往西跨過敍利亞到土耳其一帶的西台象形符號；往南順著地中海沿岸一直到東北非的埃及象形文字，或多或少、間接或直接，與字母的發源與形塑有一定程度的互動影響。西洋拼音文字的孕育也從過去單一源頭的說法，逐漸趨向多頭發源的論述，形塑字母的推手面貌也將更具體與多樣。

迦南地的承諾

迦南（Canaan）是一個很糢糊的概念和非常古老的地理名詞，也泛指這一帶與閃語有關的文化族群，更是一個充滿宗教信仰想像的辭稱。所指的地方有狹義的黎巴嫩、以色列、約旦到西奈之間充滿宗教傳說的區域，又稱做迦南地（Land of Canaan）；也有廣義地包含從埃及沿著地中海東岸一直往上，到今日土耳其的安那托利亞高原邊緣的整個近東區域範圍，在這一大片區域生活的人就叫迦南人（Canaanite）。

在迦南區域活動的又以閃語部族為主，素來以四處商旅做交易牟利出名，古猶太聖經裡，「迦南人」就是「商人」之意。許多迦南人

南迦南（South Canaanite）的艾爾卡德爾（El Khadr）出土的一支箭頭上的微小刻字（西元前1100年），線性概念取代象形圖式的字母形式已經開始萌芽，證明西奈書寫符號先在迦南一帶集結再繼續北上，成為腓尼基字母的論點。

以製造紫色染料做出口貿易的主要物資，因此「迦南」也有「紫色」的意思。這些以「迦南」之名連帶出來的種種指涉，最終都和後來把字母書寫傳向希臘的原本也是迦南人的腓尼基人有關。

不過所謂的閃族（Semite）一詞，是源自聖經，從諾亞（Noah）的長子薛姆（Shem）的名字轉化而來，十八世紀左右才被歷史學者創造出來，做為使用閃語的部族的方便性統稱，這些共同使用閃語的部族，因此不必然就屬於同一族裔或同一文化的種族^(註1)。活動在整個西亞（近東及中東），並散佈在美索不達米亞（如阿卡德和巴比倫）及地中海東岸之間的泛閃語民族，都可能在此進出交流，並實驗一種可以流通共用的文字概念及書寫形式，成為促成西洋字母發展的共同推手。

書寫的實驗

已知閃語民族是世界上最早使用字母形式紀錄語言，可惜在迦南這麼一大片範圍遼闊的區域裡，閃人半遊牧、半商旅的生活型態，和多變氣候的自然環境下，所能留下的文物史料零散不堪；書寫的遺跡

雖然不少，但大多是斷簡殘篇，而且書寫內容也以簡略幾個字的品名標示，和物件所有人的名字居多，甚少連續篇章的形式；單詞記錄的點狀符號，多於線性敘述的行文書寫。

迦南區域發現的書寫符號分佈廣闊而零散，同一組字形符號，對不同的語族而言，有不同的語意內涵；同一份書寫文物，不同專家的解讀和不同冀圖的譯釋（宗教經籍的證實不同於學術考證研究或古物收集賞析），經常會有紛歧甚至相左的說詞看法。根據統計，從十九世紀開始，整個地中海東岸泛迦南區域，至少有數十幾種書寫符號先後被發現和挖掘，總共收集將近有四百個字母，差不多兩個世紀後的今天，仍然還沒有完整明確的解讀。

迦南文字大部份已經從類象形符號[註2]轉型為表音性質的字母符號。但年代早一些的書寫符號，仍然可以看到象形文字的痕跡和音節文字的性質，文字樣式相當混雜，顯然實驗階段的記錄符號性質，遠大過穩定時期的書寫文字。這麼一大堆樣式混雜和內容含混的實驗性質書寫符號，如何匯集並演變成為後來簡鍊的字母形式，必然有幾股強大的力量在影響和引導其發展走向。

形隨功能而生

位處乾燥沙漠地帶的迦南大地，是一個物質資源極為缺乏的區域，除了少數商旅為生的部族，偶有比較過得去的物質生活之外，絕大部份的迦南人是過半遊牧的生活形態，不易維持最起碼的生活需求。多變氣候下的雜糧農耕型態，作物收成原本就少又不穩定，仔細觀察四時氣象，認識並記錄每一個節氣，抓緊每一個適耕日子的機會，是迦南地區很重要的書寫活動內容。

1902年在基色（Gezer）一帶發現的一塊農民曆銘刻，就是這一類記錄四時節氣和祈神護佑的內容。上面的字形符號雖然還隱約有圖

初期迦南文字還在書寫形式
摸索階段，內容以這類陶罐上
的品名標示和所有人印信居多，
單詞記錄的點狀符號
多於線性敘述的行文書寫。

基色（Gezer）一帶發現的農民曆上面
的書寫符號，是屬於表音性質的後期迦南文
字，筆劃明顯比西奈的類象形文字簡化許多，
字體明顯有線性構成的傾向，是已知希伯萊文
最初始的樣式。

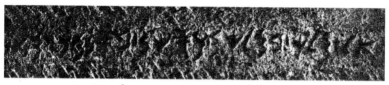

在比布羅斯（Byblos）挖掘出的西元前十世紀
艾蘭（Ahiram）國王的石棺墓誌文銘刻（上圖），
和東耶路撒冷（East Jerusalem）下水道發現的
西元前八世紀西羅母（Siloam）碑銘（下圖），
兩者都屬於表音性質的早期腓尼基文字，
筆劃明顯比西奈文字簡化許多。

仿擬的形跡，但筆劃已經比古西奈字母更加簡化，而且好幾個一再重覆出現的符號，字形樣式都相當一致，筆劃結構也非常穩定，顯示這類後期階段的迦南書寫符號，已經逐漸在往統整一致的方向邁進中。而且越往迦南以北移動，這些乍看之下樣式極為混雜的符號當中，卻又隱約呈現一種簡化筆形與穩定體式的趨向，顯示大迦南地區往北偏重半遊牧及商旅生活的環境裡，文字書寫必須力求簡短，筆劃越少越容易在倥傯的來往之間從事書寫活動。

　　農耕節氣記錄需求及商旅倥傯壓力之外，物資缺乏的環境裡，迦南人祈神護佑的渴求可想而之；用心觀察四時節氣的習性之下，人與大自然的互動頻繁互動，敬天畏神的心態油然而生，宗教信仰是迦南地區不可或缺的生活方式，文字書寫的形式也必然連帶發生變化。

單一神祇，統一字符

　　遊走在這迦南一帶的閃人，是世界上最早從多神崇拜轉為單一神祇信仰的民族（人類三大單一神祇的宗教，其中有兩支就是由閃語部族建立的猶太教及伊斯蘭教）。單一神祇的崇拜需要強而有力的意象來彰顯全能的神威；統一的信仰需仰賴統整的文字，來書寫統一的聖經典籍做全面性的宣揚與推廣。

　　源自埃及的象形符號，在西奈半島做初步轉化，繼續前往迦南大地做各式各樣字形符號實驗之後的子音字母，透過迦南人「單一神祇，統一字符」的歸納，最後簡化到二、三十個子音字母的符號，終於可以在後來腓尼基字母的統整樣式之下，並在腓尼基人發揮閃語民族主動開拓的精神之下，把字母書寫文化輾轉傳向希臘的西方世界。

註1：一般人以血統定義人種和從國籍決定所屬的觀念，在一段時期和一定空間的限制之下，有其界定和區分的作用。一旦探究的時間拉長和空間加大，人種繼續遷徙，血統不斷混合，很難再從生理條件和地理所在界定和區分種族。以使用語文的不同作為種族屬從的指涉（語族），可以打破時空的不定性，也吻合文化史討論的需求。

註2：迦南早一些的書寫雖然外表看起來還有明顯的圖像痕跡，但實際上已經沒有物象描繪的意義，只是新的線性形式還沒創制之前，延用現有某些象形符號權充使用，因此稱為類象形符號（pseudo-hieroglyphics）。

字母的定義：
烏加里特
Ugarit

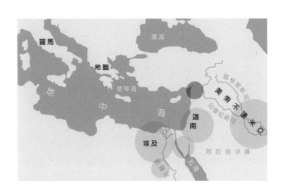

烏加里特周遭出土文字器物上，
多數是子音的「字母」符號之外，
這些符號的樣式、數量、書寫方式
與組構排序，已經符合「限量的符號」、
「順序的排位」、「定向的書寫」
三個拼音字母最主要的結構性條件。

2.6

到西元前2000年左右，迦南大地已成為串連當時兩大文明的國際性政經活動場域。大量又活躍的商業交易活動，不只為該區域帶來可觀的財富，經濟的熱絡交流也促進不同文化系統之間的整合，進一步加速不同語音結構和文字形式之間的實驗與創造：從尼羅河河口到地中海最北邊的安那托利亞高原之間大約五百多公里的海岸沿線，至少有數十幾種書寫符號，先後被發現和挖掘。

從埃及象形文字這個源頭發展出來的書寫文字，雖然已經在大迦南區域逐漸整合出子音的語言性質，和漸趨抽象的書寫形式，但仍然殘留些微象形痕跡和混雜表意文字的遺緒，還沒有形成一系列穩定的字形樣式和拼字律則。決定一個文字系統是否為「字母」書寫類型最重要條件的「線性組構」[註1]，一直無法在埃及這一條發展路線明確地展現出來。西洋拼音字母的基礎架構似乎還要結合另一條字母發源的系統，也就是加入前面兩河流域文字的抽象形式與組構法則，才得以完整建立。

文化的角力

前面提過，屬於閃語部族的阿卡德族（Akkadian）往兩河流域下游推進，並取代蘇美人（Sumerian）成為新興的統治階級之後，阿卡德語取代蘇美語，書寫符號卻沿用當地的蘇美文字。這種異族語文同化的現象，與中國歷代邊疆異族以武力入主中原之後，往往被漢化的模式頗為相似。往南發展的阿卡德人沒有發揮移民文字應有的創新特質，反而陷入「蘇美化」的保守書寫概念。

文化的守舊之外，傳統農耕的產值也漸漸無法滿足兩河流域的城市經濟需求。西元前2200年左右開始，阿卡德人在南方的帝國逐漸式微，產業愈形萎縮，經濟實力被遊走在廣大沙漠丘陵地帶的北閃族（North Semite）和活躍在地中海沿岸的西閃族（West Semite）以海運

為主的商業交易所取代。

　　這些在地中海東岸北方沿　　　　　線一帶活動的西閃族（或迦南人），其中有一些在地中海海域和島嶼之間作海上交易（或當海盜），有一些則在地中海沿岸作南來北往的發展，與當時正值高峰期的埃及文明有相當頻繁的經濟交易與文化接觸，也因此吸收大量的埃及書寫文化，並散布到整個北迦南地段。埃及北上揉合子音性質及象形符號的文字形式，逐漸在該區域與兩河流域楔形文字西向的組構書寫模式，相互展現各自的書寫文化影響力。

烏加里特位於地中海域與中東陸塊交界的古城。如何找到一種可以融合兩河流域幾何組構與迦南子音代號的書寫方式，並銜接北方安那托利亞高原西台象形文字和西北海域音節符號的字形樣式，是創制烏加里特簡潔字母組排的最大動因。

文字的抉擇

　　西元前2000年到1200年之間，整個西　　　　　南亞洲（即近東和中東一帶）的各種書寫符號，主要是由兩河流域的楔形文字和尼羅河的象形符號所支配。其他邊陲文化和零星文明的書寫符號，不是還處在前文字（pre-literate）時期的圖繪紀事，就是書寫系統仍然充斥零散不整的圖騰記號，縱然有影響也只是旁枝末節。而前述的阿卡德族有一部份沒有往兩河流域的南方發展，改而向西邊移動，並在中東

的廣大沙漠丘陵地帶從事流動性的交易行為，是串連兩河流域與地中海東岸的中間人角色，同時也被後世認為可能是把楔形文字的「組構概念」帶到近東，並可能因此影響埃及文字發展的歷史性假設。

　　楔形文字「定於一尊」的書寫樣式，在人際關係複雜和人口流動頻繁的城鎮市集環境裡，固然可以確保訊息傳遞的一致性，與人際溝通的準確度，但這種定型化的字形樣式在一個轉型與變動的時代裡，往往欠缺彈性變化的適應能力。四千多年前兩河流域楔形文字的尷尬情況，與二十世紀的現代主義（Modernism）強調簡潔直接的構成原理和造形法則雖然強制有效，但從後現代（post-modern）的八〇年代開始，逐漸被大加撻伐為「單調」、「無趣」的情形相當類似。

惟十又八年十又二月初
吉庚寅王才周康穆宮王
令尹氏友史趞典善夫克
田人克拜稽首敢對天子
不顯魯休揚用作旅盨惟
用獻于師尹朋友婚遘克
其用朝夕享于皇且皇且

由於兩河流域的楔形文字過份樣式化，和幾近跳躍式的抽象化過程，雖然有適合「字母」排列的組合架構，但文字的樣式單調，字形沒有足夠的差異變化，違反人類意象認知的生、心理需求，不只未能繼續往前演化成為「拼音字母」，還因此把楔形文字的主要區域侷限在兩河流域一帶，影響的範圍也只能往非主流語文族域的方向延伸（東方的波斯及東南的印度等）。

人類的書寫雖然內在結構往表音性質演化，
外在形式朝抽象幾何發展，但文字不完全只是內容
載體的指標記號（index），文字的外形本身就是有視覺意涵
的象徵符號（symbol）。指標記號只能作一對一的指涉，
象徵符號則可以發揮無限的相關聯想。這就是英文
每一個字母的筆劃，還維持某種程度的「線」性樣式，
沒有繼續簡化到類似盲人「點」字的千篇一律模樣。
也是一般認為襯線型字體（上）比無襯線體（下）
更適合長篇閱讀的主要原因之一。

readability
readability

表意文字（ideographics）是一個字義
配一個符號的文字類型。中文將近5萬個
單字語詞，就必須創制5萬個的書寫符號（左）；
音節性質的楔形文字把一種語言的所有語音歸納
有限的音節符號，但少則近百，多則數百，
仍然是一種需要相當記憶負荷的文字類型（中）。
真正拼音字母的最大優勢是只要記住20至30個基本
的字母符號，就可以拼湊無限的新字詞句（右）。

在烏加里特發現的許多泥板上，
幾乎有著完全一致的符號樣式和書寫排式，
說明這時期的文字書寫，已經是一種標準化
單位組構模式的書寫方式。

兩河流域以外，尤其是北迦南一帶的閃文語族，透過接近兩河流域的地緣關係，引用楔形文字的外形樣式，表達的內在語音結構，卻與楔形文字完全無關。而遠在埃及的文字系統裡原本就有一些專門表達子音的書寫符號，轉化為西奈字母之後再繼續往北傳輸，正是提供北方閃語部族，創制自己文字最佳的內在語音結構之參考。

烏加里特字母

　　西元1928年，在一名農夫的意外發現及引領之下，考古學家在地中海東北岸靠近土耳其南部的地方，發現一處有三千年以上歷史的港城遺址。這個後來被證實為古稱烏加里特（Ugarit，今日敘利亞西北岸的沙姆拉角[Ras Shamra]一帶）的古城，曾經是近東北部文化經濟圈的邊陲要港，西元前1500年到1200年之間，一度成為整個近東地區最繁榮的港口城市。

　　烏加里特屬於泛迦南語系的一個古城，是中東內陸與地中海沿岸交接的要港，另一方面也是古埃及文明北傳和北歐及小亞細亞蠻族習俗南下的折衝地帶，曾經是將近10種語言和5類書寫符號匯集使用的場域。從該地出土的幾千片用楔形文字書寫的交易契約和貨物清單的泥板，可以想像當地工商發達的熱絡景象；大量出土的信件和文學作品的描述裡，透露當地富商賈人也有豐富的知性生活。

　　交易記錄的實務需求，有促使文字書寫的需要進一步擴充；知性的人文生活品質，則刺激書寫文化進一步提昇與演化。烏加里特的書寫在形式上採用楔形文字的樣式，不只吻合偏北和接近兩河流域的地理位置，又烏加里特語文也是屬於西閃的子音文字類型，在形式上直接沿用表音為主的楔形文字，吻合表音文字比象形文字適用不同語系之間轉借引用的經驗法則。

　　不過烏加里特的文字是複子音（一個符號代表一個以上的子音）的語文結構，不似兩河流域阿卡德語文的音節文字（syllabic，一個符

號代表一組子音加母音），烏加里特字母外形上，看起來是音節符號的楔形文字，骨子裡卻是表達子音字母的語音內涵，顯然是輾轉承自埃及和西奈的子音書寫概念。

線性的條件

烏加里特周遭陸續出土文字器物上多數是子音的「字母」符號之外，這些符號的樣式數量、書寫方式及組構模式，也已符合「限量的符號」、「順序的排位」、「定向的書寫」三個「拼音字母」應有的最主要的結構性條件：

限量的符號：整字的表意文字（如中文漢字），每一個字詞都必須有一個獨立的符號，符號樣式的數量動輒成千上萬；音節文字雖然一個符號可以表示一個音節（子音＋母音），仍然要數百個不等的音節符號，才能應付整個語文系統的正常需求。兩河流域一帶大約600個楔形文字當中，音節性質的符號大約佔100個到150個的數目，但烏加里特幾乎完全子音字母的書寫，形式上採用的雖然是兩河流域發展出來的楔形文字，需要的符號數量，卻比兩河流域一帶語文系統使用的楔形文字符號數量要少很多。烏加里特所有的子音符號經由收集統計歸類之後，只有30個左右的楔形樣式，如果再扣除幾個非語音性質的「區間符號」，和特殊的「類母音」記號，實際上只有22個子音字母符號。整個烏加里特的書寫符號不只樣式少，數目也相當固定，吻合西洋拼音書寫，以有限字母（letters）組構無限字詞（words）的造字法則。

順序的排位：烏加里特出土的一系列泥板上的楔形符號，有許多是依一定順序壓印的字母排列，是文字考古史上最先發現的「字母表」，可以說是現代英文「26字母」的先驅。就好像透過「週期元素表」，可以裂解出萬物的性質關係，和組構無窮無盡的新造物質，

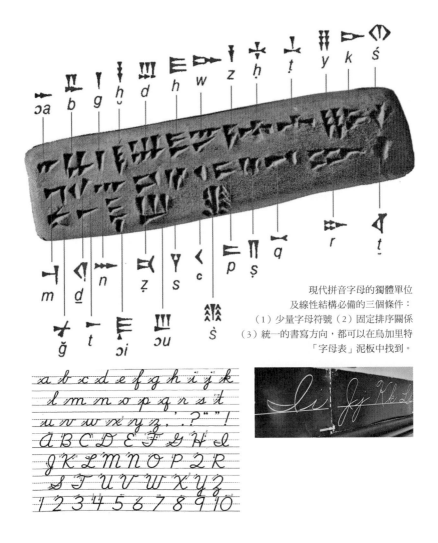

現代拼音字母的獨體單位
及線性結構必備的三個條件：
（1）少量字母符號（2）固定排序關係
（3）統一的書寫方向，都可以在烏加里特
「字母表」泥板中找到。

有了順序排位的「字母表」，等於掌握所有語音元素的關係位置，也可以排列組合出無窮無盡的新創字詞，滿足字母書寫必備的拼寫（spell）功能。

　　定向的書寫：過去發現遠古文字，大多沒有一定的書寫方式（直書或橫寫）或固定的書寫方向（左行或右向）。比如古埃及文字的書

寫基於美觀或禮儀考量，甚至會出現團狀配置的寫法，形式上可能屬於表音的文字，本質上仍然是全形（gestalt）和獨義（discrete）的表意文字概念。但烏加里特一帶發現的泥版銘文，大多呈現一致性的書寫方向，而且大部份是由左向右的橫向書寫。這種固定方向的書寫排式，正是文字傳言達意和穩定語言思緒不可或缺的線性邏輯之具體表現。對照今日英文書寫的方向與排式，3400年前烏加里特字母的出現，其實已經預見現代西洋拼音字母由左向右書寫的時代走向。

兩河流域楔形文字的組構概念，和尼羅河文明象形符號的具象形式，在烏加里特碰撞之後，透過文字「接枝」的實驗——楔形文字的外在形式和埃及西奈的語音結構——並結合成為西洋字母演進史上，最先出現真正線性結構的字母書寫形式。烏加里特字母吸取兩大書寫系統的初步「發芽」之後，能否就此「茁壯」成為完整的西洋拼音字母，是緊接著要探索的議題。

註1：書寫文字的「線性」（linearity）有兩個層次意涵：內在結構本質和外現形式徵象。前者指字詞依一次元的先後排序，連結組合成文辭語句，後者指用粗細一致線條，做骨幹式的筆劃書寫，線性文字因此通常偏向簡化和抽象的字形樣式。

字母的初航：
腓尼基
Phoenicia

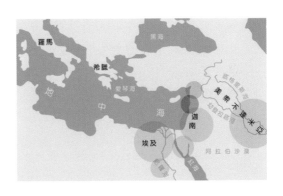

如果西奈是表音符號的轉運站，
整個泛迦南地區就是拼音字母的實驗室。
而腓尼基的新人類就在這一個西洋文字
演化的終極實驗室，為整個拼音字母的催生
做最後的基因重整。

2.7

西元前十一世紀左右，泛迦南一帶的閃語部族彼此之間的經濟活動和信仰思想的差異性日益地顯著，開始各自集結成為不同型態的族群，原本就分別散布或聚居在近東的不同區域，閃語的書寫文字也隨之更加擴散與多元。其中與後世字母書寫系統有關的兩個主要支流：一支偏向內陸的敘利亞東部一帶發展，成為阿拉姆（Aramaic）文字，後來又繼續裂解成為阿拉伯文及古猶太文（現代希伯萊文的前身）兩大東方文字系統；另一支以腓尼基字母為主的書寫符號，則透過當時地中海沿岸的經貿要港（泰爾[Tyre]、西頓[Sidon]、貝魯特[Beirut]、比布羅斯[Byblos]等）往地中海以西的方向散播，促成了後世希臘和羅馬字母的創制，是一般公認今日通行於全世界的英文字母前身。

文明的戛止

烏加里特北臨安那托利亞（Anatolia）的西台王國（土耳其南部一帶），並與該國偶有臣屬的關係；南邊與埃及經貿勢力的接觸也相當頻繁。夾在這兩個敵對帝國之間（埃及和西台長久以來一直在泛迦南地帶相互競爭彼此的軍事國力和經貿實力），外交手腕不得不採取兩手策略，政經往來盡量維持當地與鄰國之間的平衡關係。

熱絡交易帶來的經濟榮景和知性生活所培育的文化品質，並不等於高枕無憂的政軍實力。小小的烏加里特港城，既無正規的軍防實力，也沒有跟大國一樣的政治籌碼，繁榮的景象有時反而造成周遭鄰國的嫉妒，優渥的財富甚至引來偏遠盜匪的覬覦。烏加里特將近300年的繁榮富庶，在西元前1200年左右戛然而止，當地出土的泥板所描述的富麗堂皇建築，三千多年來只是廢墟一片，原因至今仍然沒有確切的歷史記載及定論，而最可能加速烏加里特滅亡的原因，是海上民族的入侵與掠奪。

西元前1300年前後，來自北海類似維京人的海盜民族大量「出草」，一路摧毀古希臘的邁錫尼文明之後，又繼續南下掠奪並摧毀了烏加里特和地中海沿岸的其他港口城市。不只烏加里特毀於一旦，整個泛地中海南北的文明古國和沿岸的海港都市，幾乎無一不遭到波及，號稱西方歷史上第一次的「黑暗時期」（Dark Age）[註1]。之後，烏加里特再也沒有恢復舊觀，貿易活動轉移到其他倖免於難的城市；塵土堆積，淹沒了烏加里特過去繁榮的街景，也同時毀棄了楔形文字的書寫符號。結合埃及子音內在結構，與美索不達米亞楔形文字

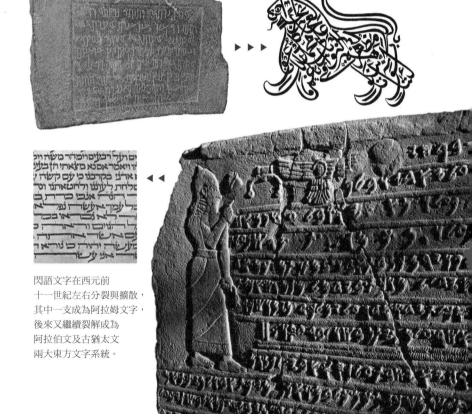

閃語文字在西元前
十一世紀左右分裂與擴散，
其中一支成為阿拉姆文字，
後來又繼續裂解成為
阿拉伯文及古猶太文
兩大東方文字系統。

外在形式的烏加里特字母的新芽，在短短的50年之間戛然夭折，終止楔形文字繼續往前演化為拼音字母的歷史命運。

紫色革命——腓尼基

烏加里特潰亡，其他類似的沿岸港口城市並沒有全部步其後塵，有些反而因為接收了烏加里特的「遺缺」，而成為該這區域的貿易新秀。這些稍微往南的港口性質城邦，雖然因經濟活動彼此競爭激烈，但由於同為泛迦南語族的西閃人，他們的書寫文字原本就與偏北方的烏加里特的楔形文字有所差異，烏加里特潰亡之後，楔形文字在該地區的影響力更形萎縮，這些倖免一難的新興港口城市，也就更積極尋找另外適合新時代需求的書寫文字系統。

這些原先來自南方迦南地的西閃人，沿著今日的黎巴嫩、敘利亞和以色列海岸開始做比較有規模的聚落，並在地中海沿岸建立了泰爾、西頓、貝魯特和比布羅斯等港口城市。就在這一長條狀的沿岸港城基地，與南方尼羅河流域的埃及、東邊兩河流域的亞述，和北邊高地的西台等三大帝國之間從事貿易活動，並藉由商業貿易的往來，同時接受這些大國的保護。

不過這並不表示這些港城就可以免除被外族侵擾和海盜的掠奪。西元前十二世紀末，一批南下入侵的海上蠻族曾經被埃及擊潰，並從此散居在地中海東南一帶的西奈海岸，這些後來被稱為腓利士人（Philistines，意為無文化教養的民族），不時重操舊業向沿岸港城侵擾和掠奪。加上這時候一批原本就流散在迦南內陸一帶的猶太人（也是西閃語族的一支），開始逐漸集結並擴充他們的勢力範圍。內陸的貿易被其他閃族和猶太人所瓜分，沿岸的經營又有海上民族的騷擾，這批西閃語族的活動區域已經日漸狹窄，沒有其他選擇，只好朝海上和出洋發展。

從泛迦南內陸被擠壓到薄薄一條地中海右岸的這些西閃語族，除了從事一般的商業交易之外，還以生產紫色染料出名。這種以腐敗後的貝類黏液為材質所做的染料，燒煮過程之中會產生大量惡臭的氣味，這些港城從高處往低窪散佈的地形，正是把產地與住區做自然隔離的最佳場地，而在海岸設廠生產染料再外銷到海外的便利性更不在話下。最重要的是，紫色染料在古代地中海和愛琴海區域是最昂貴的染色顏料，在西方世界有「皇家染料」的稱號，其中又以泰爾港的染料最出名，價格幾乎是黃金價格的10倍。希臘人因為當時從這些港城進口大量的紫色染料，因此稱這些人為腓尼基人（Phoenicians，紫色人之意，希臘語的紫色染料一詞即為Phoinix）。

這些西閃語族搖身一變成為「腓尼基人」之後，除了和北邊的烏加里特同樣兼具商業頭腦和生活品味之外，更關心經濟利益的商業活

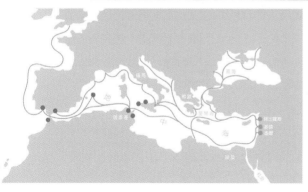

以海事活動為主的腓尼基人，積極朝「脫陸」的文化習性和「傾海」的民族性格發展。他們的足跡遍及地中海四周的每一條「街頭巷尾」。

動。這些西閃人不只對政治缺乏興趣，甚至沒有國家的形式存在，「貿易」就是腓尼基人共同的生活重心，港口城市只是他們漂泊商旅的暫居地。

轉往以海事貿易活動之後的腓尼基人，積極朝「脫陸」的文化習性和「傾海」的民族性格發展，比起前述烏加里特純粹港岸交易的靜態模式，腓尼基人更具活力與開創性。到了西元前1000年，腓尼基人的足跡已經遍佈地中海四周，並在海域沿岸各地建立貿易據點，他們在泛迦南接收的字母概念和書寫形式，也隨之散播至所到之處。

文字無祖國

腓尼基人的足跡雖然散佈地中海沿岸各地，且遠跨到西非和不列顛，但後世歷史的文獻記載裡，他們卻是沒沒無聞，甚至被認為是謎一樣的傳說中海事民族。在上古世界各地都可以發現腓尼基人製作和交易的物品，腓尼基港城也是過著有文化品質的生活，不過到目前為止，還沒有發現過腓尼基人的歷史家，也沒有詩人和作家的紀錄留傳下來。早先咸認腓尼基人把字母傳入希臘的說辭，雖有「指證歷歷」的合理推論，卻苦無「白紙黑字」的具體證據，是後世研究西洋拼音字母發源時，極為尷尬的處境。

不過跟一般人腦海裡商人唯利是圖的狹隘印象不同的是，腓尼基人崇尚經濟效益，卻不固執於單一的文化觀。不同於內陸文明的政經體制裡，文字教習的權力為高級智識階層所把持，優美華麗的書寫能力是加官晉爵的最佳保證。從事海事貿易的腓尼基社會裡，文字首重商業交易記錄的功能考量。不只一般商賈人士有一定的識字水平，文字書寫是人人都可以學習的知識技能，書寫符號因此更加從過去繁文縟節的形式考量，往經濟實用的簡化樣式發展。

腓尼基港城位處好幾個古書寫文明的交會地帶，早期的書寫受北

腓尼基港城位處好幾個古書寫文明的交會地帶，早期的書寫受北方高原的圖畫紀事與西北海嶼的圖騰符號影響，並混合西奈的類埃及象形符號。比布羅斯出土的早期腓尼基器物銘文還是類象形音節符號的字形樣式（下圖）。青銅時代的迦南人成為鐵器時代的腓尼基人之後，積極展開海事貿易並到處建立商業據點。這些商業據點需要更簡化的字母書寫符號，他們逐漸把迦南祖先的圖畫式音節符號，轉化為線形的子音字母（左圖）。

方高原的圖畫紀事，及東地中海海嶼的圖騰符號影響，並混合西奈的類象形符號，原先的書寫工具和材料，是典型北方鑿刻或壓印的石塊和泥板。但這種剛硬工具和笨重材料產生的書寫樣式，在烏加里特潰亡的同時，開始產生變化。由於海事商旅的流動特性，不方便攜帶笨重的書寫工具和材料，來自埃及的莎草紙遂逐漸取代石塊和泥板，液體的墨跡取代凹凸的鑿痕。莎草紙紙面平順，易於書寫；重量輕，方便攜帶，比楔形文字的泥板更適合廣泛活動範圍的貿易環境之需要。不過寫在莎草紙上的文字不若壓印在泥塊的文字可以長久留存，稍遇水泡或火燒，隨時都可能付之一炬，因此有些學者認為，腓尼基欠缺傳世的文字紀錄，可能與他們使用的書寫紙材快損易毀有關。

字母的基因重整

為了適用海上貿易日益「輕薄短小」的文字需求，如何尋找一種更適合的書寫形式，做好把財物管理並登錄保存，尤其如何把大量海事契約和交易判例迅速又完整地記載，成為腓尼基人的迫切需求。除此之外，腓尼基人需要的不只是一個普遍人際溝通的書寫形式，他們更需要一套簡潔有效的書寫系統，適合他們在不同文化民族之間交流、溝通和記錄。如何綜合不同文字系統的優點，並截取其它書寫符號的特點，便成為新興腓尼基書寫活動的中心思想和行動指標。

位於地中海右岸中間一帶的比布羅斯（今日黎巴嫩的貝魯特一帶），是古代腓尼基的主要貿易港城，也是古埃及王朝與泛迦南地區經貿往來的北方交易中樞。幾乎古代中東和整個地中海一帶的莎草紙交易，都透過比布羅斯港城來進行交易，尤其古典文明正要萌芽的希臘，大量需求的莎草紙更是絕大部份直接從比布羅斯（Byblos）輸入，古希臘稱莎草紙為「biblos」，並延伸為「biblion」，即「book」的意思，甚至後來的聖經「bible」一詞也是與Byblos的地名有關。

一八六九年在基邦（Khiban，今日約旦境內的死海東邊）發現的「默阿布墓碑」，上面刻劃著屬於腓尼基文字體系的書寫符號，是最早發現完全以子音字母書寫的篇章形式的銘文。腓尼基字母的簡潔文字形式，把迦南文字大部份只做單詞（word）記錄的功能，進一步發展成為連續行文（text）的書寫形式，是字母書寫的線性特質（linearity）之具體展現。

腓尼基人的海外貿易活動，不只提供他們接觸多樣文字類型的機會，同時也塑造他們接受不同書寫文化的開放心胸，而以比布羅斯港為主要物資交易的樞紐位置，自然成為接受新書寫觀念和新書寫形式的標地點。而且比布羅斯的地理中心位置，正好就處於東方兩河流域的楔形文字與西方的克里特圖騰符號的交界點，也是北邊西台圖畫紀事和南邊埃及象形文字的融會之處，一場雄心勃勃的字母書寫革命，正在這個腓尼基人的港城集結和醞釀當中。

從埃及大量引進的莎草紙，一方面提供簡易攜帶的書寫材料，同時也強化了以簡化埃及象形符號的西奈文字，作為腓尼基字母基模的趨勢。整個西洋字母的發展到了比布羅斯這個階段，無論從楔形文字已經邊緣化的事實，還是腓尼基人源自西閃語族的淵源，最佳解決模式就是接受從迦南過來的閃文書寫符號，再加以修正的字母發展走向，已是時勢所驅。

西元前十世紀之後，海事貿易急速發展，以比布羅斯一帶為主的文字形式更加速簡化，文字的本質也從表音表意互混的情形，一轉而為全面採用子音字母的態勢。書寫符號的類型範圍大幅縮小，基本字母的數目也大為減少，成熟時期的腓尼基書寫符號已經整合到只有22個子音字母。1868年在約旦的死海東邊一處叫默阿布（Moabite）的地方，挖出來的一塊通稱「默阿布墓碑」的腓尼基文銘刻（西元前842年），無論是符號樣式，還是數量精簡的程度，甚至是整個書寫樣式的一致性，都已經是相當成熟的文字形式，完全脫離象形文字的造形觀念，已經具備發展成為完整拼音字母的線性特質。

以埃及象形符號為基礎的西奈文字，在迦南地集結並往北擴散的文字形式，與來自兩河流域的楔形文字書寫概念，在地中海中部沿岸一帶交會所碰撞的火花，照亮了整個人類書寫演化最璀璨的一片大地。如果西奈是從象形符號到表音文字的轉運站，整個泛迦南地區就

腓尼基時期的字形已經相當統一；由右向左的固定書寫走向，確保整體組排的簡潔
視覺效果（上圖，塞浦勒斯出土的腓尼基字母）。等到西元前七世紀的阿拉姆字母
（Aramaic alphabet，腓尼基字母的分支）已經完全脫離模仿象形符號的書寫形式（下
圖）。尤其往上延伸和向下拉曳的筆劃，有如現代字體的上延（ascender）和下延
（descender），是線性連續書寫形式的象徵。

bdpfg

是子音書寫的實驗室，而腓尼基的新人類就在這一個人類文字演化的終極實驗室，為整個西洋拼音字母的催生做最後的基因重整。

航向地中海……

　　脫離西閃語族的內陸文化之後，腓尼基人不只在整個地中海四周建立多處殖民港埠，所使用的字母也隨之四處散播。或許腓尼基人認為他們一手整合出來的子音字母還不具備母音（vowel）的標音功能，最多只能做為言語說話時的提示符號，所以似乎沒有積極保護或據為己有的意思。腓尼基人這種只樂於實務的海事活動，不重視保護「智慧財產」的態度，與現代工商社會裡「專利」觀念過分膨脹的情形大不相同。[註2]但就文明的交流和文化的提昇而言，腓尼基人的這種做法，似乎比現代人更具開拓的心胸與推廣的貢獻。也因為如此，一些有眼光的希臘商人才有機會接觸到腓尼基字母，西洋拼音字母的演化，也才從此駛離「東方」的內陸文化，正式往「西方」的海洋文明出航。[註3]

註1：所謂的「黑暗時期」（Dark Age），原是十五世紀文藝復興初期，針對羅馬帝國之後長達1000年中世紀的鄙稱。現代歷史學則比較中性地對人類有史以來，曾經發生過重大文明頓挫時期都可能稱之。一般稱西元前1300年前後邁錫尼文明摧毀、五到十五世紀的中世紀、九世紀回教攻陷拜占庭，為三大「黑暗時期」。

註2：現代專利制度的本意，在透過保障個人創造的努力，以誘發更多人更努力做更有創造的貢獻。但十幾年來，過份和過細專利權膨脹的利益心態和律法條文，已經演變成維護個人獨佔和阻礙別人共創的局面。從國內外的大企業和小個人之間，到處出現幾近「智慧財產金光黨」的法律求償行徑，不得不教人反思3000年前腓尼基人的開放胸襟和開創事蹟。

註3：二十世紀前的西方世界以歐洲為中心和以地中海為界標的文化地理觀，「東方」（Oriental）一詞大部份指近東和中東一帶。歐美現代媒體為表示非歐洲觀點的中性報導，偶會用西亞非（Western Asia-Africa）替代，但一般大學所謂的「東方研究」（Oriental Studies），仍然以研究近東和中東為主要範圍。

字母的邂逅：
愛琴海
Aegean

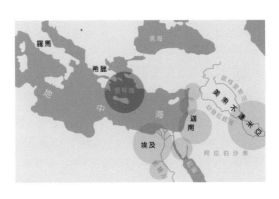

腓尼基字母引進希臘的時間，大約就是
開始寫荷馬史詩的時候，豐富的故事內容
及鉅細靡遺的描述手法，顯然不是一個
新引進的書寫系統所能承擔。
希臘字母誕生的時間還要再往前推敲，
希臘字母降臨的地點也必須擴大到整個
東地中海：從塞浦路斯、克里特到愛琴海
諸島之間，都必須逐一加以檢視。

2.8

希臘字母源自腓尼基字母的說法，基本上沒有太大爭議，但從腓尼基港城把字母文化和子音符號直接傳到希臘，這之間的連結似乎太過乾淨俐落。地中海東岸到希臘本土之間將近1000哩的航程，以當時的航海器具和技術，要兩到三個星期的航行時間，再加上古代的海事活動，大多是短距航程之間的連結，很少一下子就是數百哩或上千哩的航程。況且到希臘大陸之前的愛琴海，還有數不完的大小島嶼；愛琴海下方也有一個很大的克里特島（Crete）；塞浦路斯島到腓尼基沿岸的港城也只有百哩左右的航程。腓尼基人應該是與希臘人先在這一大片的海域裡，經歷過相當一段時間的商業交易和文化交流之後，才可能把字母文化和子音符號輾轉傳送到希臘本土。

　　過去認為腓尼基字母引進希臘的時間是在西元前800年到750年之間，大約就是荷馬史詩開始被記錄下來的時間，但荷馬史詩豐富的故事內容以及鉅細靡遺的描述手法，顯然不是一個新引進的書寫系統所能承擔，有人因此主張字母（或前字母）文化應該是在與腓尼基人接觸的更早之前，就出現在希臘世界[註1]。二十世紀末前後，在克里特島和塞浦路斯島的大量考古發掘，和愛琴海文明的新發現，更確定希臘字母誕生的時間還要再往前推敲，希臘字母降臨的地點也必須擴大到整個東地中海：從塞浦路斯、克里特，以及愛琴海諸島之間的可能互動，都必須逐一加以檢視。

地中海的激盪

　　以地中海東岸為基準畫一條垂直分界線，向東以美索不達米亞的楔形文字，和埃及的象形文字組成的兩條文字類型主軸，前者往西和後者朝北的發展路線，基本上是在泛閃語部族的帶動之下進行，不同書寫符號之間的互動、融合和轉化，大概都有一定程度的軌跡可循。一旦離開地中海東岸往西航行，卻是另外一種截然不同的世界。東地

遠在腓尼基人把子音字母推介到希臘之前，
愛琴海文明與更早的近東內陸書寫文化在地中海
接觸時，激盪出來的三大線狀字系已經緩緩
響起表音文字的演化從單純子音符號往母音和
子音的方向漸次推進的前奏。

以克里特島起家的愛琴海文明，
在米諾安（Minoan）王朝海事交易的帶領下，
希臘人獲得財富和吸收書寫文明的同時，
也接受異域文化的影響。
右下圖為受埃及正面性法則
影響下的克里特雕像。

中海文明幾乎包括東、西、南、北四周各種族文化特徵，和不同地域的生活習性，是一個混雜希臘語系和閃語文字並綜合兩大文明（埃及與兩河流域）及愛琴海文明的海上大熔爐：往外有散播當地文明的張力，向內有收納異文化的吸力。

東地中海豐富多樣的地理環境，一方面有擴散繁殖的多元，另一方面卻又具凝結及強化整個區域的特質：海岸四周的土地在臨海的短窄平原之後，不是直拔險峻的山嶺，就是突兀的縱谷散落其間。相對於這種不適農耕的陸地環境，眼前廣闊海域所呈現的無限可能，注定東地中海民族面向海洋及往外發展的特性。再加大小島嶼到處羅列，島嶼與島嶼之間的航程短暫，經濟交易熱絡，文化交流頻繁，希臘語文和近東文字之間的傳遞與交流當然是水到渠成的自然而然。

探討字母在希臘誕生的過程，除了西元前十世紀前後希臘人與腓尼基人接觸的事蹟之外，更早之前與其他古迦南部族在東地中海一帶的交流，是完整瞭解東西書寫文化互動必備的認知背景；希臘本土性質的書寫符號與泛迦南不同文字樣式之間的交錯互疊，更是貫穿整個古希臘文字發展的重要知識脈絡。檢視遠古希臘文字的類型系統，可以從「初期、後期」和「本土、移植」兩個思維向度來探索與歸納。

米諾安書寫文明

希臘文明起始於愛琴海南端的克里特島，再從克里特島傳播到希臘大陸。克里特在西元前1600年的極盛時期是一個海上帝國的中心，政治和文化的影響力及於整個愛琴海並遍及希臘大陸沿海，是當時遠古歐洲世界最先進的文明，又稱為米諾安（Minoan）文明。

遠在腓尼基人出現之前，克里特島的希臘人早已經與近東一帶的海事部族從事商業交易，並累積相當的財富，逐漸脫離過去散居的生活形態，進而建立宮殿經濟類型的聚居模式。這當中與泛迦南民

族的商業往來，勢必也與該地區的閃語文字有所接觸。不過，在接觸和引進古迦南閃語文字的同時，為了吻合希臘語文裡大量可發聲（vocalizable）語詞之需求，克里特文字一開始就混雜了一部份音節類型的符號，與當時古迦南文字還處在偏重表意指涉的書寫，已經有若干本質上的差異。

克里特象形文字

克里特初期的象形書寫符號（Cretan hieroglyphics），出現的時間最早，是遠古希臘三大地域（克里特、邁錫尼、塞浦路斯）文字類型的大家長。但不同於當時東方閃族的象形「表意」文字裡，動輒數百甚至上千的書寫符號，克里特象形「音節」文字，只有140個左右的符號。不過這類初期的象形音節符號當中，只有70到80個符號是純粹的音節符號，其餘的多少參雜了異符同音符號（allogram）及其它各式各樣的字形符號。

克里特象形圖符是愛琴海書寫文明的始祖。這種可能經由賽浦路斯輾轉來自近東的文字，使用圖畫符號，已經成有簡化和線性的幾何樣式，大部份刻劃在泥板或泥塊之尚上，書寫的方向沒有一定的限制，由左而右，從右向左，甚至螺旋形狀都有，顯然還處在相當原始的書寫模式階段。

▼由外往內的螺旋式閱讀起點

西元前1600年出現在克里特島的
「費斯托斯字盤」（上圖），只有手掌
大小（直徑16公分）的燒焙泥塊，
閱讀時從外緣開始（白色箭頭處）以內螺旋
的方式一直到圓盤中心為止。
字盤的符號不是直接刻劃在泥塊上，
而是用一顆一顆的字模，逐字逐字
地壓印連結而成，堪稱人類史上的
第一件「印刷品」。

符號的類型混雜和字義的指涉含混之外，書寫的方向也沒有一定的準則或規律：有由右向左和由左向右，也有像犁牛耕田似的隔行轉向的排式，其中尤其以在克里特南方的費斯托斯（Phaistos）一帶發現的「費斯托斯字盤」，其內螺旋書寫方式最為特殊，不只是遠古希臘時期以具象圖形表現音節文字的典型代表，上面由一顆一顆的字模逐字壓印的象形圖符，堪稱是人類史上第一件活字編排的印刷品。

克里特初期的象形音節文字描寫的內容，大多數還停留在單詞的初文階段，表達的對象以人、事、物的稱謂和記量的代號為主，基本上是「簿記」的指涉資料，鮮少「文辭」的線式敘述。

克里特A系線狀文字

克里特書寫文明裡，稍晚出現的另一種稱為A系線狀文字（Linear A）的書寫符號，可說是上述象形音節符號的精簡進化版。大部份的符號都可以追溯到先前象形音節符號的樣式痕跡之外，A系線狀文字多了一些抽象的幾何字形，這種精簡筆畫的幾何字形，顯然是因應經濟環境變遷的需求所做的改變。

大約在西元前1850年，克里特宮廷經濟的規模急速擴充，對外的商業活動也更加頻繁，簡化的字形和幾何筆劃，顯然要比繁複的象形符號容易書寫，加速交易行為的進行。如同埃及簡化聖刻體文字成為行草體式的僧書體文字，A系線狀文字逐漸取代象形音節符號，成為克里特通用的書寫文字類型。

除了書寫簡便及促進貿易交流之外，克里特A系線狀文字的音節符號，也出現希臘本土語文的關聯性，比如發音為Ku-ro，意為「總數」的字，與希臘大陸語裡意為「頭頭、限制、上限」的Kras一詞，無論發音或字意都極為近似。

希臘語言裡原本就有大量需要母音發聲的字詞，但這時候的A系

同樣屬於克里特書寫文明的A系線狀文字，是從前期的象形圖符演化而來，原先具象的圖形已經簡化成為線形的筆劃。除了部份延續螺旋排式的儀式內容之外，也開始出現一般事物的內容記載，傳言達意的語言功能已經逐漸成為文字書寫的主要目的。

線狀文字母音符號的標示，還處在相當粗糙和貧瘠的階段，比如所有發雙母音/ai/、/ei/、/oi/的字詞，都一律以一個單母音的/i/符號概括標示，這點與當時近東一帶的閃語文字經常以弱子音的符號，做為母音提示的權宜手法極為相似。克里特書寫文明雖然已經隱約顯露母音符號的跡象，但此時的A系線狀文字，反應希臘本土母音特質的程度大概也僅限於此。

邁錫尼B系線狀文字

西元前十六世紀到十五世紀之間是克里特文明的全盛時期，克里特島的克諾斯（Knossos）王朝不只雄霸全島，政權更遠及於緊鄰希臘本土的伯羅奔尼撒（Peloponnesus）半島，並在那裡建立了一個邁錫尼王朝。此時的邁錫尼文明等於是克里特文明的延伸，克里特的A系線狀文字也隨之進入希臘大陸，成為邁錫尼的希臘語書寫文字。

不過到了西元前十四世紀，克里特島的米諾安文明突然間衰落了，希臘大陸的邁錫尼王朝反而興盛起來，邁錫尼文明在整個希臘世

界的地位相對高漲。邁尼錫的大陸希臘語與克里特的島嶼希臘語原本就有些落差，原先從克里特引進的文字也開始做相對的調整，以便進一步吻合大陸希臘的語言特質及書寫習性。A系線狀文字從此轉化成為另一種稱為B系線狀文字（Linear B）的邁錫尼書寫文字，並反過來替代克里特的A系線狀文字，並回頭成為克里特的克諾斯王朝的官方書寫文字。B系線狀文字從此成為邁錫尼和克里特共通的書寫系統。

邁錫尼的B系線狀文字，除了一方面在文化上反應希臘大陸的地域特性之外，另一方面也逐漸疏離古閃語文字倚賴象形和偏重整意的混雜情況，轉而專注表音性質的文字類型發展。B系線狀文字從原先

西元前1500年到1200年之間，盛行於邁錫尼之後又回傳到克里特島的B系線狀文字，進一步簡化的筆劃和抽象字形，更加彰顯線性的語言本質和書寫結構，也說明遠古希臘文字在初期受東方象形及表意書寫文化影響的同時，其實已經顯露愛琴海希臘語文的表音書寫傾向。

A系線狀文字將近240個符號的數量，減少到幾乎只剩一半的120個符號，進一步說明其脫離整意字形，轉向音節文字類型的發展走向。

就書寫符號的外形而言，大部份B系線狀文字基本上延續A系線狀文字的樣式，只做部份筆劃的精簡和字形的整頓，但語音結構部份卻有根本性的調整：不同於A系線狀文字以一個單母音符號/i/代表/ai/、/ei/、/oi/的字詞，邁錫尼的B系線狀文字改用每一個複母音的頭一個母音符號/a/、/e/、/o/分別做為/ai/、/ei/、/oi/字詞的書寫符號，進一步往希臘本土語文重視母音發聲追求獨立符號的方向推進。

塞浦路斯C系線狀文字

位於地中海東北方的塞浦路斯島是一個非常古老的希臘殖民地。邁錫尼王朝鼎盛時期，希臘大陸擴大海外殖民，曾遠征到當時隸屬埃及管轄的巴勒斯坦，不只經常以塞浦路斯做為海外擴張勢力的「中途島」，大量移入的希臘人甚至在此建立了一個獨立的希臘王國。塞浦路斯從此成為希臘到近東以及南下到埃及的移民重鎮，同時也成為東方文字西傳到希臘的中繼站。

上述的克里特文明與邁錫尼文明合而成為另一層次的希臘文明之後，原先分屬兩個區域的A系線狀文字及B系線狀文字也互滲融合，並經由克里特島一併傳播到塞浦路斯，首先成為所謂的塞米文字（Cypro-Minoan）。不過這種西元前1300年到1100年之間盛行於塞浦路斯的音節類型文字，卻有明顯東方閃語文字的書寫特徵，顯然是塞浦路斯島國的地理位置靠近地中海東岸，易於與鄰近的閃語書寫文化融合所致。

　　到了西元前1000年左右，塞米文字進一步演變成為C系線狀文字（Linear C）。塞浦路斯的C系線狀文字與其他兩大線狀文字最大的差別，是此時的諸如/ai/、/ei/、/oi/等雙母音發聲部分的字詞，已經開始有完整和獨立的書寫符號，而且過去A系線狀文字與B系線狀文字裡字詞的r/l、s/z、m/n尾音不分的子音部分，在C系線狀文字裡都已經出現獨立區分的符號。雙母音的完整書寫和子音尾音的區別符號，說明塞浦路斯C系線狀文字是遠古希臘三大書寫系統中，最後的一個，也是與腓尼基字母文化接觸之前，最清晰和最系統化的古希臘音節文字類型。

塞米文字（Cypro-Minoan）是克里特文明傳遞到塞浦路斯的初期書寫符號，書寫的內容大都是簡短的單詞字彙，符號的樣式仍然可以看出象形圖符與抽象符號混雜的痕跡，符號與符號之間也欠缺線性的連結關係。不定的書寫樣式說明塞米文字還處在吸收不同書寫系統的過渡階段。

西元前十二世紀左右，克里特文明和邁錫尼文明可能因為北方蠻族南下的擄掠（即所謂的「黑暗時期」）而相繼湮滅，整個希臘的遠古書寫文明也隨之消失，希臘從此進入一個長達三百年之久的文盲時期，塞浦路斯則是當時少數躲過此一厄運的古王朝之一。所謂「禮失求之野」，後世探索希臘書寫文明往往先從塞浦路斯的考古發現著手，再回推到大陸希臘殘存的資料，漸次還原希臘遠古書寫文明的樣貌，說明塞浦路斯C系線狀文字在探索遠古希臘書寫史的關鍵地位。

由於位處地中海東西交流的地理位置，塞浦路斯的C系線狀文字混合東方符號樣式和音節的線性排式特徵，在這一塊記載與政府之間契約關係的銅質書記板中（下圖）表露無遺。從漸成篇章組排的書寫形態，可以看出已經脫離A、B兩系文字單純事物指涉和儀式圖符的範疇，具備初階辭章描述的行文排式。

母音的故鄉

從西元前2000年左右起，以希臘語文為主調的愛琴海文明，與來自中東內陸閃語部族所主導的書寫文化互動之後，在東地中海諸島及四周沿岸激起第一波文字西傳的浪潮，把西洋文字從過去以象形為基石的「表意」文字，轉而往表現語音內在結構的「表音」字母的方向發展。A系線狀文字、B系線狀文字和C系線狀文字三個分屬東地中海不同區域的書寫系統，分別在不同的時期，不約而同地指向一個強調「母音」發聲的文字書寫未來。

整個愛琴海文明雖然曾經遭逢「黑暗時期」而驟然終止，希臘世界也從此進入幾乎無文字書寫的文盲時期。但字母誕生的首部曲已經響起，完全拼音字母（full alphabet）的接棒，也注定會在300年後的另一波東西文字交流浪潮中，透過腓尼基人正式傳遞到希臘本土。

註1：現代西洋古典研究，大概都已經不認為荷馬史詩不是一個人（荷馬）的寫作成果，甚至以為「荷馬」只是一個概括性的假設作者。有如中國古代的「詩經」，透過民間流傳高雅詩吟的收集成冊，以為大眾文思品味的標竿，一般咸認荷馬史詩應該是一部歷經好幾個世代的集體接力創作。

母音的故鄉：
希臘
Greece

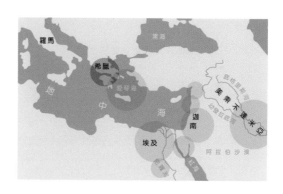

愛琴海環抱型地理環境方便新興書寫文明
的孕育；希臘人共識的希臘語凝聚力
及其強烈母音發聲的欲求，正是「第二波」
與腓尼基人的接觸交流時，全力推動西洋
書寫文明往「一個符號，一個聲音」
的字母書寫方向邁進和實踐的最大本錢。

2.9

希臘人從西元前2000年到1000年左右，與近東書寫文明交流的「首部曲」期間，遠古希臘三大書寫系統中的A系和B系線狀文字，相繼出現在米諾安文明的克里特島和邁錫尼文明的希臘大陸，C系線狀文字則出現在稍後的塞浦路斯王國。這些滲雜希臘語文和西閃音節文字的書寫符號，已經粗具表音功能和線性的樣式，尤其三種字系都明顯反應希臘語文有聲發音（vocality）的傾向，也就是「母音符號化」的現象，是希臘書寫文明邁向拼音字母書寫的前奏。

但這些「母音符號化」的現象，到西元前十二世紀的「黑暗時期」，忽然之間消失無蹤，整個希臘世界也從此墜入書寫的冬眠狀態。有人甚至認為西元前九世紀之前的整個希臘大陸，根本就是一個沒有文字書寫的文盲世界。等到三百年後希臘書寫文明再度出現，希臘文字發展的重心，已從過去的克里特和靠近地中海東岸的塞浦路斯，轉移到以希臘本土的愛琴海四周；文字的發展也已經跳過以子音符號為主的音節文字，進入強調母音發聲的拼音字母書寫^{（註1）}。

從西元前2000年到1100年之間三大字系的「音節」符號，到西元前九世紀再度出現的「母音」字母之間的希臘書寫文明空窗期，常久以來一直是思索希臘本土文字的發源，及西洋拼音字母如何在希臘本落地生根的難解之謎。

首部曲——愛琴海的邂逅

大約到西元前九世紀，曾經籠罩整個東地中海的「黑暗時期」烏雲逐漸散去，沉睡將近300年的希臘書寫文明終於有逐漸甦醒的跡象：不只整個希臘文明在重新凝結當中，孕育希臘本土意識的愛琴海文明，及散佈在海域四周的希臘民族的來龍去脈，也一一開始有比較可靠的信史出現，有些事件甚至有明確的日期和地點的明文記載，比如古希臘奧林匹克競技會就是西元前776年在雅典舉行的。這個被希

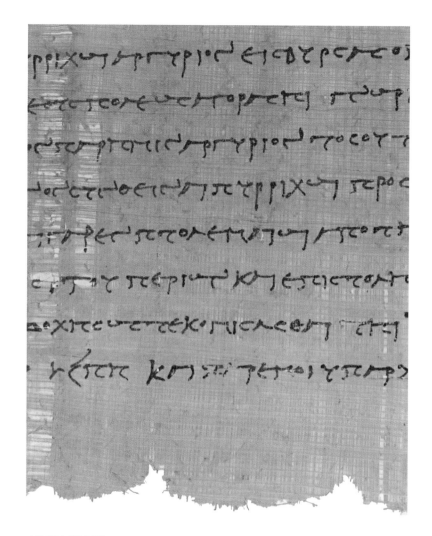

大約到西元前九世紀，
曾經籠罩整個東地中海的「黑暗時期」烏雲逐漸散去，
沉睡將近300年的希臘書寫文明終於有逐漸甦醒的跡象。
此時從腓尼基人手中接收過來的表音字母，
將成為希臘人為綿延不斷的愛琴海文明，
書寫源源不絕的傳說故事。

臘人視同為古希臘紀元開始的盛事，就如同以耶穌誕生做為西元的起始一樣，不只是希臘文明進入有史可考的歷史性年份，這種盛大的賽會，更是加強希臘民族團結，大大促進希臘文化的統一，對後來希臘人以希臘語為中心，全力推動希臘字母的創制有極深刻的影響。

過去關於希臘人來自何方的說法不一，根據人種移動的資料推斷，大約知道他們一大部份是來自西伯利亞的印歐語系（Indo-European）人種。在往西移動的過程中，可以想像一部份可能會與北歐一帶的人種有所混合，並滯留在高緯度的陸塊一帶游動；一部份往南移動並進入「本土」的希臘半島；至於另一部份散佈在愛琴海東邊的小亞細亞沿岸，則是希臘海洋文明整合西亞陸地文化的樞紐。這些繼續往南移動的希臘人，首先在愛琴海下方的克里特島，建立第一個希臘王朝的米諾安文明；塞浦路斯王國的建立，則是邁錫尼文明時期，積極移民政策之後所建立的境外屬地。無論希臘人來自何方，人種似乎不是界定希臘人或成就希臘文明的最主要條件，愛琴海四周環抱型的地理環境和海域諸島間的短距又方便的航程，可能才是凝結希臘意識和孕育希臘文明特質的決定性因素。

另外一個重要因素是愛琴海四周和海域諸島的希臘人，似乎都承認他們使用的是共通的「希臘語」。有了希臘語的認同和共識，古希臘的歷史縱然來路不明，古希臘文明仍然可以成為整個西洋文化的精神發源地，甚至成為後世全體人類某種程度的心靈故鄉。怪不得詩人余光中要詠頌：數千年後，相隔數萬里的「台北天空」，一樣可以「非常希臘」。

愛琴海環抱型地理環境方便新興書寫文明的孕育；希臘人對希臘語的凝聚力及強烈母音發聲的欲求，正是「第二波」與新興腓尼基人的接觸交流時，促成希臘人全力推動西洋書寫文明往「一個符號，一個聲音」字母書寫方向邁進和實踐的最大本錢。

希臘人對希臘語的凝聚力及
強烈母音發聲的欲求，正是
「第二波」與新興腓尼基人
的接觸交流時，促成希臘人
全力往「一個符號，一個聲
音」字母書寫方向邁進和實
踐的最大本錢。

從西元前六世紀之前充斥各種斜傾筆劃和大小不一的石刻銘文，可見希臘文字在西元前2000年到1100年之間與近東語族「第一波」接觸的影響，也間接證明希臘民間稱他們自己文字為「腓尼基文字」的說法。

早期的希臘並非是統一的國家，而是由許多城邦湊合在一起，希臘字母一直有不同形式的寫法。西元前403年雅典人強制規定所有文獻一律採用愛奧尼亞的字母之後，過去僵持不下的版本終於陸續被淘汰，方塊正圓的字形體式也快速取代過去因循腓尼基字母傾斜尖凸的筆劃樣式。

第二類接觸——希臘本島

過去有關希臘人與西閃人在東地中海一帶的經貿和文化交流，誰影響誰，其實並沒有確切的定論。不過， 近代的西洋字源論述及大部份近東的考古資料似乎都傾向認為，西閃語族的書寫文化影響希臘字母文明的成份，高過希臘人影響西閃語族的部份。而且從希臘民間傳統上稱他們寫的文字為「腓尼基文字」的說法，就如同過去台灣人稱自己講的是「閩南話」一樣，可以推斷希臘人以腓尼基字母作為希臘字母根源的說法有其一定的歷史信度。

不過「腓尼基」是西元前十一世紀左右才出現的一個字眼，是針對當時才開始在地中海東北沿岸一帶結集的新興閃語海事民族的稱呼。而且此時的腓尼基文字大體上已經是「一個符號，一個聲音」的子音書寫系統，符號的樣式已相當穩定，書寫的方向也確定是由右向左。這些漸趨穩定的初期「子音字母」的文字類型，比起當時希臘的克里特、邁錫尼及塞浦路斯的三大字系還處在象形與線式互滲，表意與音節混雜的情況並不相符，兩者幾乎是「斷代」般不同的文字類型與書寫樣式。

因此，無論是「腓尼基卡德摩斯（Cadmu）王子」引進書寫文明的神話傳說，還是稱呼自己的文字為「腓尼基文字」的民間說法，希臘字母的創制應該不是發生在西元前2000年到1100年之間與廣泛近東語族的「第一波」接觸，而是之後與新興腓尼基人的「第二波」交流成果。至於與希臘人做「第二波」接觸的腓尼基人，是從什麼地方把字母傳入希臘本土？剛開始的落點在那裡？西元前五世紀時的希臘大歷史學家希羅多德認為，腓尼基字母首先經由小亞細亞南方的羅德斯島（Rhodes），再往上向左穿過愛琴海諸島，先到希臘半島右側的尤比亞島（Euboea）之後，再進入希臘大陸。

尤比亞島與希臘大陸僅隔一條狹長的海峽，島上的愛奧尼亞人

希臘人西元前二千年左右與
近東語族第一波接觸時，
愛琴海域的「本土」三大字系
與西閃「移植」書寫符號混雜不清
的情形，在西元前十世紀後的
第二波接觸時已經完全改觀。
這時候出現的史詩式內容與規模，
都已經是相當成熟的書寫形式。
可見希臘人的文字發展，可能因為
北方海事蠻族入侵的「黑暗時期」
中段過一陣子，但他們不曾徹底
喪失書寫的藝術。

（Ionian）是希臘出名的航海民族，西元前十世紀前後，他們一方面與近東的腓尼基港域有密切的貿易往來，另一方面，把他們的商業活動擴展到海峽對岸的希臘大陸，腓尼基文字因此進入希臘本島，並成為後來的希臘字母。這樣的說法有其可信之處，因為在近東腓尼基的泰爾附近，的確發現了尤比亞島的工藝品，在尤比亞島上也有腓尼基的工藝品遺跡。如果再比照後來的希臘字母，也是經由尤比亞島的航海民族輾轉西傳到義大利的記載，可以確定第二波希臘人與腓尼基人之間的書寫文化交流，已經直接在希臘大陸本土進行，此時期兩種書寫文明「施」與「受」之間的實質內容，也必然比第一波的「首部曲」更加明確與具體。

西元前2000年左右第一波接觸時，希臘「本土」的三大字系與西閃「移植」書寫符號混雜不清的情形，在第二波接觸時已經完全改觀。此時的希臘字母，不論字形樣式、字母名稱、字母順序，幾乎都與腓尼基字母如出一轍的近似。第一波引進的西閃語族的象形樣式的音節文字，符號數量多，字形樣式雜，書寫費力的情形，也大為減少。最重要的是這些書寫符號已經不再是個別語義指涉的圖形（象形表意文字），也不只是特殊音節的標示（音節符號），而是人類普遍語言發聲的字母符號。

剛過完書寫寒冬的希臘本土「文盲」，一醒過來就發現新興腓尼基人帶來的表音字母書寫方式，不再有「千言萬語」字義釋析之負擔，符號的數量也已經降到最少，當然是統整希臘語文和創制希臘書寫的最佳選擇。

拼音的解碼

傳統上，近東的文字書寫只是做為閱讀時的「提示」和朗誦間的「備忘」功能，不只母音的界定依上下文的意涵和誦讀間的情境而

定，不同子音符號之間也會有因地制宜的交替互用。但希臘語文裡的母音符號和子音符號，必須有一定的「傳言」（表達語音）功能，每一個字母（母音字母或子音字母）都有獨立符號必要。就完整性和一致性而言，希臘字母結合母音（vower）符號和子音（consonant）符號的書寫系統，已經是拼音字母演化的最後一個階段。而希臘人引進腓尼基文字原本只是做為記錄自己語言的書寫媒介，卻由於他們的書寫能把說話時的母音和子音轉寫成為「白紙黑字」的字母符號，希臘字母成為第一個真正可以對應（mapping）人類普遍語音的書寫符號，可以傳譯地球上幾乎任何一種語言的文字系統。

子音的壓縮：把殘存音節意涵的腓尼基子音符號，轉化成為純粹表音性質的希臘子音字母，最典型的方法就是運用減縮（reduction）的手法。比如在西閃字系中的一個「TY」的音節符號，後面的「Y」是用來界定該音節符號發/ti/音時的/i/音指定符號；而前面的「T」符號，原本依上下文的不同意涵，可以分別發/ta/、/ti/、/te/、/tu/、/to/等不同讀音，久而久之就被依減縮的原則抽離出來，變成發/t/音的無聲子音字母。其實這種壓縮音節符號（子音＋母音），並抽離成為單音符號（子音）的手法，並非希臘人所創。許多東方表音語系語族，都有用類似手法創制子音符號的情形。遠在蘇美時期的兩河流域書寫系統裡，就有一個類似婦女乳房造形的複音節符號（一個符號發兩個以上音節），原本可以有banda（男孩）、dumu（孩子）、tul（小）不等的稱謂和意涵。書寫時，附加「da」的輔助記號（乳房符號+da等於bandada），就可以界定該音節符號為banda，不是dumu或tul。但加上輔助記號之後，bandada後面的da與前面的da變成無謂的重覆，於是原本複音節符號的banda，後來就乾脆變成一個單音節符號的ban，不必再與dumu、tul糾纏不清。

母音的強化：西元前十世紀左右，首先傳到塞浦路斯的腓尼基字

母裡的許多符號，原本腓尼基文的字義消失不見，有些在希臘語找不到匹配的語音，成為無用的多餘符號。這些原義消失和多餘無用的符號，有一部份是西閃字系裡特有的弱子音符號（weak consonants），有輔助界定母音的功能，等於是一種「半母音」性質的符號，於是被希臘人挪用，做為希臘母音符號的替用對象。與其說母音字母是希臘人的創新貢獻，不如說是希臘語音的天性需求促成的。希臘語言裡有一大堆以母音收尾的語詞，尤其以「a」音收尾的字母名稱（alpha、beta、gamma、delta….），與腓尼基字母側重子音字尾（alep、heth….）的情形，有明顯語音結構上的本質差異。怪不得希臘文字強調母音標示的需求，幾乎從一開始與腓尼基文字接觸時就已經表露無遺，從遠在西元前750年出現在雅典附近的迪皮隆（Dipylon）陶壺上的一段粗糙古希臘文句裡，幾乎字字包含母音符號的情形，便可見一斑[註2]。

　　把飄浮不定的複音節文字壓縮成為單一語音的符號之後，希臘字母在擁有決定語言內在骨架的母音符號之外，又進一步掌握支配語音豐富外貌的子音符號，拼音字母無限語文描述的能量已經大致展現。

從Alpha到Omega

　　希臘字母強調母音發聲，不只吻合希臘語文的利益，也是希臘書寫最重要的成就，更是希臘文化對整個人類書寫文明的創獻。但希臘人在第二波接觸的腓尼基文字裡，並沒有現成的母音符號，希臘人本身創制母音符號的過程，也不是一條直線式的進行。泛希臘不同城邦的語文習性，和散佈在愛琴海不同地域的語音腔調，都會影響對母音符號的取捨與修改。希臘字母區區七個母音符號（A、O、I、E、H、Y、Ω）的創制與形式演變，經由好幾世紀的嘗試與修正，才逐漸有一個比較明確和穩定的樣式出現。

在雅典的迪皮隆（Dypilon）附近發現的「迪皮隆陶壺」是已知年代最久遠（西元前750年左右）以希臘大陸本土書寫符號刮寫的古器物。從環繞肩部一圈的粗糙筆劃字形與壺身的工整圖案毫無關係的排式，看得出來這是一段臨時刮寫上去的文字，說明這時期的文字書寫不是文化生活或藝文表現的主要媒介；比例失調的筆劃和顛三倒四的字形，顯示這只是草創階段的希臘字母符號。再從這時期寥寥可數的希臘字母書寫的出土器物，似乎可以進一步印證希臘書寫文明曾經中斷300年的歷史假說。

A（alpha）：如何把希臘語音中最吃重的母音a確定下來，想必是希臘人在思索創制母音符號時，第一個考慮的對象。首先是塞浦路斯島上的希臘人，把腓尼基文字中，一個既非母音、也不是子音的無聲符號「alep」（類似英文單字however中we的微柔呼氣聲）挪用過來，並在字尾上加個a音，成為希臘字母「A」的稱謂alpha。本來在腓尼基文字中含有「牛頭」意涵的「alep」，變成希臘母音符號之後，除了字形轉個方向之外（事實上，之後又轉了好幾種不同的方向），原先的牛頭的意涵也跟著轉丟了，變成一個純粹表音字母的符號。而且不知是有心還是無意，這個原本在腓尼基字母中排行第一的符號，也從此成為希臘字母的第一個書寫符號。

　　E（epsilon）和H（eta）：母音的強調之外，長短音不同的細節變化，也是希臘字母與閃語文字很不一樣的地方。希臘人剛引進的腓尼基字母根本長短音不分，更談不上有長母音和短母音的區別。希臘人首先把一個原本沒有希臘語音匹配的腓尼基字母「heth」（「圍籬」的意思），拿來做為希臘的短母音字母「E」的稱謂epsilon；再把另一個腓尼基字母「Kheth」的符號，拿來當作另一個希臘的長母音「H」的稱謂eta。從此，希臘人不只有母音符號，更擁有長、短音各自獨立的母音符號。（不過，這個被希臘拿來當作長母音字母的「eta」，在後來的羅馬字母裡只取其h的音值，雖然「H」的樣式不變，但已經轉化成為另一個子音字母的稱謂ech，也就是現代英文「H」的稱謂。）

　　O（omicron）：有人認為希臘字母「O」出自古西奈象形文字裡的「眼睛」造形，也有人以為來自更原始時期的「太陽」圖畫紀事。依近代學者的說法，「O」是從閃文中一個發/ayin/音的符號轉變而來。這個在閃語中極其怪異的短促噴氣音符號，不只在希臘語音裡找不到，或許希臘人根本就發不　　　　　　　　出這樣的聲音。反倒是

這個任何人來看都像圓嘟嘟嘴型的符號，被希臘人拿來做為發/o/音的短母音符號，似乎是極其自然的事情。這個名叫omicron的短母音符號，是所有希臘字母中最被歌頌的一個符號，因為幾乎其他大部份希臘字母的字形，或多或少都會以「O」做為基本型，再加以建構發展而成。

I（iota）：希臘另一個母音iota的字形「I」，從西閃的古文字到希臘的雅典字母時期，一直都是長得像「Z」的樣子，等到愛奧尼亞時期才被拉直，成為類似現代英文字母「I」的垂直模樣。這個源自西閃的一個叫yod的腓尼基古字變成希臘字母之後，一直被認為是與「O」同等尊嚴的母音符號。除了近代德國文字設計及書法家魯道夫‧科赫（Rudolf Koch），認為「I」是象徵萬物合一的樣式，及蘇格拉底認為「I」有「貫穿」的抽象氣勢之外，就純粹文字造形而言，「I」與「O」兩個字母加起來，幾乎涵蓋所有希臘字母的筆劃和字形。

Y（upsilon）：這個原本長得像腓尼基字母waw的「Y」模樣，剛開始出現在克里特島時稱為digamma，後來在雅典時期，不知何故，一度被剔除在希臘字母之外。西元前400年左右，希臘人正式採用愛奧尼亞字母做為標準的希臘書寫文字時，「Y」又出現在希臘的字母當中，這一次改稱「upsilon」，是一個兼具母音/u/和子音/w/的雙音值符號。「Y」（upsilon）可能是所有希臘字母當中，來歷最複雜、轉化過程最曲折的一個符號，不只前生有克里特島時期digamma的糾纏，後世羅馬時期之後相繼出現的F、U、V、W也通通與它有密不可分的血緣關係。不過，「Y」倒是希臘最後一個與腓尼基字母有源緣關係的書寫符號，也等於是整個希臘書寫與近東文字1500年接觸與交流歷史的最後一個休止符。

Ω（omega）：在整個希臘的語文逐漸從「口語傳說」往「文

字書寫」的方向轉型時，精確語音對應的符號標示，成為希臘字母創制和改進的重要指標。剛開始的「O」是長、短音不分的母音符號，到古典希臘時期才進一步分裂。希臘人在原先的短母音「O」的字形下面開個口，再往兩邊分出去兩條橫槓，於是創造出另一個名為「omega」的「Ω」字母，做為發長/o/音的母音符號。這個根據塞浦路斯的C系線狀文字為基型，完全由希臘人獨創的母音符號，也是希臘字母最後一個符號，等於為希臘人從腓尼基引進第一個字母「alpha」到自己獨創的最後一個字母「omega」，劃下完美的句點。

條條大路通羅馬

希臘文字在希臘語的認同基礎上和希臘母音的驅使之下，確立字母類型的書寫系統。但古希臘字母的書寫樣式卻因不同地域習性，一直都有或多或少的變異，直到西元前五世紀左右，各式各樣方言性質的字母才逐漸式微。最後在西元前403年，當時的雅典政府正式頒佈統一字母的政令，以愛奧尼亞字母做為標準希臘文字書寫的樣式。這個可能是人類歷史上，第一次以官方力量統一文字書寫的愛奧尼亞字母，也是後世羅馬拉丁字母及現代英文字母的基本樣式。

以現代羅馬拉丁字母而言，希臘時期的母音符號和子音符號只是「拼音字母」的基本要素。這時期的希臘字母，既沒有一個標準的拼字（orthography）原則，字母也還沒有大、小寫的區分；標點符號不只還沒出現，字與字之間也沒有應有的間隙（word space）。某些岐異的書寫符號，仍因不同地域的書寫習性，隨機穿插在正式的字母書寫符號之間。

西洋文字的發展，在希臘本土完成了母音符號化的階段性任務及部份子音字母的整建工程，確立人類書寫文明的演化正式進入「字

腓尼基 Phoenicia	克里特 Crete	雅典 Athen	愛奧尼亞 Ionia	
ʾālep/ʔ/	A	ⱶ	A	alpha/a,ā/
bēt/b/	9		B	bēta/b/
gīmel/g/	Λ		Γ	gamma/g/
dālet/d/	Δ		Δ	delta/d/
hē/h/	Ⴟ	Ⴟ	E	epsilon/ɛ/
wāw/w/	ꟻ			(digamma/w/)
zayin/a/	I	I	I	zēta/z/
hēt/h/	日	日	H	ēta/æ/
tēt/t/	⊗		Θ	thēta/tʰ/
yōd/j/	ς	ς	I	iōta/i,ĭ/
kāp/k/	ⱶ	ⱶ	K	kappa/k/
lāmed/l/	Λ	Γ	Λ	lambda/l/
mēm/m/	ꟿ	M	M	mu/m/
nūn/n/	ᴧ	ᴧ	N	nu/n/
ṣāmek/s/			Ξ	xi/ks/
ʿayin/ʕ/	⊙	O	O	omikron/o/
pē/p/	Γ	Γ	Γ	pi/p/
çādē/sˤ/	M			(san/s/)
qōp/kˤ/	Φ			(qoppa/k/)
rēš/r/	۹	۹	P	rhō/r/
šīn/s,š/	W	ς	Σ	sigma/s/
tāw/t/	T	T	T	tau/t/
	Y	Ψ	Y	upsilon/y,ȳ/
			Φ	phi/pʰ/
		X	X	chi/kʰ/
			Ψ	psi/ps/
			Ω	ōmega/ɔ̄/

古希臘文字沒有大小寫的區分，不過很早就有正書和草書兩種形式。
前者主要用硬筆在石材表面刻劃，後者在引進莎草紙及希臘征服埃及之後，
流行以筆墨書寫在莎草紙上。

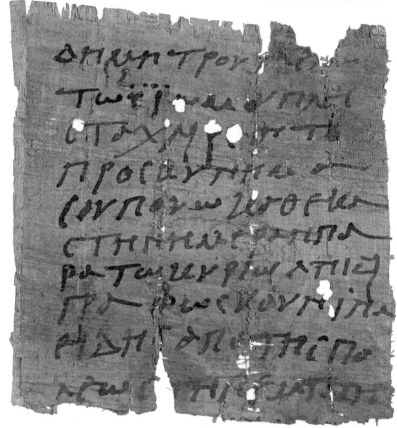

ΑΒΓΔΕΖ

ΗΘΙΚΛΜ

ΝΟΠΡΣΤ

ΥΦΧΨΩ

古希臘文字大概就是大寫字體的樣式，書寫時只做架構骨幹的描劃，筆劃沒有粗細差異的變化。現在一般人以為黑體字（sans serif）比襯線字（serif）更具現代感，但如果純粹以襯線的有無及筆劃的粗細變化為標準，黑體字顯然比襯線字至少早出現500年以上。上圖電腦造字之後才出現的Lithos（希臘語「石頭」之意）字型，就是當代造字才女卡羅‧托姆布雷（Carol Twombly）於1990年末期，根據古希臘石刻字形所描繪的新創字體，十足展現古希臘的古拙簡樸風格。

母」書寫的類型階段。至於上述一般人已經習以為常的字母書寫的規範，和被現代文字編排設計人視為當然的排式細節，其實都必須等到後來的羅馬字母時期之後才會陸續出現，只有等到後來的羅馬人完成「拼音」的最後任務之後，整個西洋「字母」的書寫演化才會算大功告成。

.

註1：沒有母音，語言無以發聲。只有子音符號的腓尼基書寫，必須透過「朗誦」時補入母音，才可以聽到完全的字音和知曉完整的字意。希臘字母有了母音符號，就可以做完整的拼音書寫。人類的文字書寫不必再依賴「朗誦」，並從此進入「默讀」的時期至今。

註2：迪皮隆陶壺上刻劃的雖然是粗糙的初始希臘文字，卻幾乎字字包含母音符號：ΗΟΣ ΝΤΙΝΟΡΧΕΣΤΟΝΠΑΝΤΟΝΑΤΑΛΟΤΑΤΑΠΑΙΖΕΙΤΟΤΟΔΕΚΛ ΜΙΝ。（譯：「誰跳得最輕盈漫妙，誰就得到這個獎壺。」）

拼音的推手：
伊特拉斯坎
Etruscan

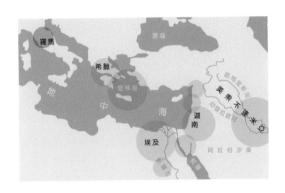

建立「羅馬」的是伊特拉斯坎人，
但伊特拉斯坎民族後來被拉丁民族同化，
並融入羅馬居民的生活形態，他們的文化
成就被後來的羅馬人完全吸收，
他們的書寫文字被羅馬人全數繼承，
伊特拉斯坎從此消聲匿跡。西方世界過去
動則稱「希臘羅馬」，希臘之後就是羅馬，
幾乎不知有伊特拉斯坎的存在。

2.10

希臘人在愛琴海文明確立母音符號化的階段性任務，及部份子音字母的整建工程，人類書寫文明的演化也正式進入字母書寫的類型階段，但離拼音字母「一個符號，一個聲音」的境界仍然有一段距離。比如無論是羅馬的拉丁字母，還是現代的英文字母，每個字母的稱謂都是採取近似字母音值（sound value）的讀音，而不是整字（word-name）名稱的唸法[註1]。從希臘字母的alpha、beta、omega到羅馬拼音的A、B、C，西洋拼音字母的演化還有「最後一里」要趕，必須繼續往西向義大利半島邁進。

前進義大利

西元前八世紀的「黑暗時期」過後，東地中海一帶逐漸恢復海上貿易的熱絡景象，新興的腓尼基人成為這個區域最活躍的海事貿易民族。這支經過「脫陸傾海」民族性格改造的西閃語族，對於不斷海事貿易的經濟利益追求，顯然大過於建立穩定政治實體的慾求，他們首先與希臘人接觸，並在愛琴海的重要港口並建立一些貿易據點之後，繼續往地中海以西推進，跨過亞得里亞海（Adriatic Sea）到義大利半島。但除了港口和貿易點的建立之外，他們對義大利半島本身似乎沒太大興趣，最後只在北非頂端的迦太基（Carthage，義大利南方的西西里島正對面的今日吐尼斯一帶）建立腓尼基人唯一實質的海外殖民帝國，而且主要著眼點，還是看重迦太基位處地兩大海域咽喉地理位置的貿易優勢。

但這時候也積極從事海外擴張的希臘人卻有不同的看法，他們著重的是「境外移民」政策的推進，目的是土地的取得和政權的部署。義大利半島沿岸固然是他們與腓尼基人既競爭又交流的必爭之地，半島內陸一大片未開發的處女地，更是希臘人海外殖民的天堂。

大約在西元前八世紀後期，來自尤比亞島的希臘人，首先在義大

利的伊斯嘉島先行落腳。但這些地方火山噴發不定，而且腓尼基人在此活動也已漸趨頻繁，競爭比較激烈，希臘人於是繼續往內陸推移，抵達中部的庫密（Cumae）初步實現他們移民落戶的夢想。之後又陸續南下並跨海到西西里島建立他們在地中海的貿易據點，與對岸北非腓尼基殖民的迦太基遙遙相望。也就是在這兩個希臘移民基地，希臘字母開始有機會與義大利當地民族的文字書寫產生互動。

　　兩大海事民族在義大利半島殖民和貿易競爭的同時，也把字母的書寫文明從東地中海和愛琴海往西繼續擴散。無論是在希臘雅典出土的迪皮隆陶壺，還是義大利伊斯嘉島（Ischia）發現的內斯特陶杯，兩件器物上的文字樣式和括寫手法都類似希臘尤比亞島的字母，西希臘字母雖然率先把還在磨合階段的母音字母和子音符號，打入義大利半島的中部內陸，直接推到人類拼音字母發展的最終核心——未來的羅馬所在地，但西洋字母未來的主流，卻也從此註定不會是希臘語系的 α（alpha）、β（beta）或 ω（omega），而將是拉丁拼音的ABC和XYZ。

書寫文明往往不是單一軸線和同一方向的次第發展，經常是多線並行，甚至有逆向回流的情形。伊特拉斯坎字母（左）可能直接來自腓尼基文字（右），也有可能從希臘人手中（下），將字母的書寫形式轉交給後來的羅馬人。

羅馬不是一天造成的

不管字母輾轉來自塞浦路斯或尤比亞島，還是直接來自腓尼基，純粹表音字母的書寫形式，幾乎同時出現在希臘本土和義大利半島。問題是這時期的希臘人過的已經是有巨大石牆的城邦政體，和初步民主的生活形式，有相當豐富的民間傳說和成熟的口傳文學。這時期發現希臘器物上的文字或許還嫌粗略潦草，但書寫的內容卻已是諸如六步格（hexameter）之類的韻文詩體（註2），顯示這時候的希臘人已有相當的文化素養，可以創造自己的書寫文明。但同時期遠在地中海以西的義大利半島，還沒出現城市規模的建築，所謂的「羅馬城」，大部份只是耕作農地和沼地林野的景觀。

被認為是羅馬城象徵的奶狼傳說裡，
描述一對孿生棄嬰吸吮母狼乳汁的情景，
其中一位就是傳說中創建羅馬城的
羅慕路斯（Romulus）。故事內容的象徵意義，
強烈影射建立羅馬城不可能是羅慕路斯一個人，
也不是講拉丁語的羅馬人，
而是早已退居歷史幕後的伊特拉斯坎人。

習慣上，大家認為「羅馬」就是古代義大利的統稱，「羅馬拼音」指的就是拉丁字母，至於羅馬城的由來，西方世界有一句連小學童都可以朗朗上口的老生常談：「羅馬人建立了羅馬」（Romans built Rome）。羅馬人傳統上則認定羅馬城是在西元前753年，由一位叫羅慕路斯（Romulus）的人所建立的，這段傳奇說法不必看得太嚴肅，不過傳說內容卻可能透露羅馬建城的真正歷史背景。

向來被認為是羅馬城象徵的奶狼（Capitoline wolf）雕像裡，一對孿生棄嬰小兄弟吸吮母狼乳汁的情景，其中一位就是傳說中長大成人之後，回到被棄養的巴拉丁山丘（Palatine hill）創建羅馬城的羅慕路斯。整個故事情節後人已無法知其詳細，但故事的象徵意義，似乎說明羅馬城的建立（羅慕路斯）其實是來自另一個異類的撫育者（母狼）。撫育羅氏小兄弟的母狼來自何方或許不是重點，但羅馬文化的前身來自何者，卻是了解西洋書寫文明如何發展到羅馬拼音字母，不可不知的一段歷史。

在文藝復興之前，幾乎整個西方思想都認為羅馬的文化成就，是直接承繼希臘文明的成果，至於從希臘文明到羅馬文化這一段承繼與銜接的過程，不但沒有考古學上的資料佐證，過去的史哲論述也大都一筆帶過，連起碼的臆測也鮮少觸及，雖然隱約中有「奶狼」這類的傳說，但這些羅馬建立的「中介」或「前身」，一直沒有確切的對象。過去所謂「羅馬不是一天造成」的說法，或許可以進一步解釋為暗示「羅馬可能不是羅馬人建立的」的懷疑；近代的考古發現，則直接了當地認為：羅馬的起源不是羅馬人，而是另有其人。

神秘的伊特拉斯坎

當希臘人在義大利南部跟對岸北非迦太基的腓尼基人，進行一場長期的貿易據點、原料和海事競爭時，與這兩支主要民族完全不

羅馬一帶有數以萬計的伊特
拉斯坎文墓誌銘刻，但他們
的語言與其他的語系完全無
關，很難透過其他語文來解
譯。伊特拉斯坎民族的來歷
和伊特拉斯坎文化的淵源，
至今也仍然神秘無解，史稱
「伊特拉斯坎之謎」。

紅土磚燒的所有權牌，上面是成熟
時期的伊特拉斯坎字母，也是
西元前四到五世紀，義大利
最主要的書寫字形。

同的第三支民族，正在義大利中北部逐漸興起，他們就是伊特拉斯坎人（Etruscan），也是義大利最早的城市居民。伊特拉斯坎民族的來歷和伊特拉斯坎文化的淵源，至今卻仍然是一段非常神祕的歷史，西方歷史學裡因此一直有所謂的「伊特拉斯坎之謎」（Etruscan mystery）。

在羅馬一帶發現數以萬計的石雕與墓誌銘刻的伊特拉斯坎文字，足於說明建立羅馬的不是講拉丁語的羅馬人，更不可能是羅慕路斯一個人，建立「羅馬」的是伊特拉斯坎人。但伊特拉斯坎民族到西元前三世紀左右，逐漸被拉丁民族同化並融入羅馬居民的生活形態，他們的文化成就被後來的羅馬人完全吸收，他們的文字書寫被羅馬人全數繼承，伊特拉斯坎從此消聲匿跡。西方世界過去動則稱「希臘羅馬」（Greco-Roman），有如中國歷朝只稱「漢唐」，不言「五代十國」；過去西方歷史裡，希臘之後就是羅馬，幾乎不知有「伊特拉斯坎」的存在。

有人從伊特拉斯坎文字夾雜近東文字書寫的遺緒（早期伊特拉斯坎文字裡包含了大約22個近似北閃字母的樣式），

認為伊特拉斯坎人來自古代西台王國（Hittite，今日土耳其南部）；古希臘歷史家希羅多德說，他們來自小亞細亞西側的里底亞（Lydia，今日土耳其西部）。他推測大約在荷馬史詩出現的時代，伊特拉斯坎人向西遷徙途中，可能在愛琴海一帶向腓尼基人學習書寫的符號，或直接在希臘本土取得字母，再輾轉攜帶到義大利半島。特別是里底亞字母和伊特拉斯坎字母中，都有一個特殊的看起來像「8」的字母符號，是伊特拉斯坎源自里底亞之說的重要論據之一。還有人從一件包裹木乃伊的麻布條上寫有伊特拉斯坎文字的發現，推測他們可能來自埃及的說法。總之，除了已知伊特拉斯坎人不是和希臘人一樣屬於印歐語族之外，其它有關伊特拉斯坎來源的說詞，往往是臆測和附和多於史料的記實。

　　一直到十七世紀初，一位出生在蘇格蘭的湯瑪斯·丹普斯特（Thomas Dempster），發表的《伊特拉斯坎七書》裡，把這個民族的來歷和相關人事物一一道來，伊特拉斯坎的神秘面紗才逐漸被掀開。由於有了這個神秘民族和中繼文化的存在，過去從希臘文明到羅馬文化之間的歷史空窗，因此有了一個可能的歷史銜接。伊特拉斯坎文化從此被定位為牽引希臘文明到義大利半島，是後來羅馬建城的前身，也是拉丁民族成就羅馬文化的基礎。

伊特拉斯坎字母

　　伊特拉斯坎人的初期書寫文字，不像成熟時期的希臘字母（如五世紀時的愛奧尼亞字母），而是像更早之前，在西元前八世紀左右就出現在希臘本土的字母樣式（如尤比亞字母），有些字母的樣式甚至與傳統的西閃書寫符號仍然極為相似[註3]。伊特拉斯坎人可能很早就在愛琴海一帶與希臘人並行接觸腓尼基人，並同時接受腓尼基字母，在義大利中部定居之後，再與稍後來自尤比亞島的希臘字母交互融

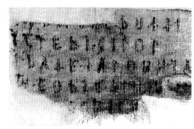

有人從一件包裹木乃伊的麻布條上有伊特拉斯坎文字的發現，推測他們的文字可能來自埃及的說法，顯然過於武斷和牽強附會。

除了在里底亞和伊特拉斯坎都發現許多黃金幣飾之類之外，兩者的字母都有一個看起來像「8」的特殊符號，是伊特拉斯坎文字源自里底亞字母（下圖）的說法中，比較有文字學論證的價質之一。

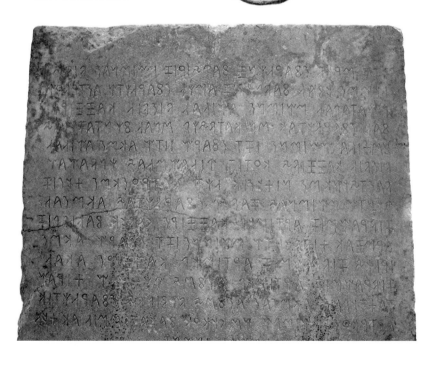

合，形成他們自己的文字。

　　已知的伊特拉斯坎語言是一個與其它語系完全不同的特殊語言，目前出土的伊特拉斯坎器物上，極少雙語對照的銘刻文字，很難用另外一種文字對譯出伊特拉斯坎文書寫的內容；伊特拉斯坎文字的符號樣式，介於腓尼基字母和希臘字母之間，但由於伊特拉斯坎語不同於印歐語系的希臘語，也無透過希臘語文的知識，來解釋伊特拉斯坎文字的意義。已知伊特拉斯坎的文字書寫，大都是簡短的語辭文句，到目前為止，上萬件伊特拉斯坎的書寫文物當中，只有大約200多個文辭的意思可以被了解，而且也都是在被發現一大陣子以後才慢慢被解讀出來。

　　1964年在羅馬北方50公里的卡厄瑞（Caere）一帶所發現以金箔打造刻寫的三片一組皮爾基薄簡（Pyrgi Lamellae），其中兩片以腓尼基字母和伊特拉斯坎字母互疏的銘刻文字，提供了極少數雙語譯釋伊特拉斯坎文字的機會，是開啟伊特拉斯坎文字譯釋的先河。

　　其它有關伊特拉斯坎字母的文物，還陸續在發現和挖掘當中，剛剛過去的二十世紀將結束之前（1992年），考古學家又意外在伊特拉斯坎的遺址科托納（Cortona，今日義大利的托斯卡尼[Tuscany]），挖掘出一組號稱有史以來最多伊特拉斯坎銘刻字母的器物。這一組斷裂為7片的科托納書簡，是伊特拉斯坎成熟時期（西元前400年左右）所製作的器物，從器物上漸趨方塊體式的文字造形，和四正的書寫排式，似乎已經預見羅馬大寫字母的端莊文字造形和莊嚴的碑刻氣勢。

字形反應語音

　　伊特拉斯坎字母一方面透露與希臘字母同樣有西閃書寫的可能淵源，卻又比希臘人對西閃書寫有更大幅度的變革。比如希臘字母的稱謂，大部份延續西閃字母的原本稱謂，再加掛尾母音的方式，

大約製作於西元前五百年的三片皮爾基薄簡金箔銘刻，其中兩片金箔片上的文字為腓尼基字母（左圖）與伊特拉斯坎字母（右圖）互疏的情形，可以想像是由通曉兩種文字的人所寫，也說明早期的伊特拉斯坎字母來自腓尼基文字的可能。

把alph變成alpha（A），bet變成beta（B），gimel變成gamma（Γ），delt變成delta（Δ）….等，伊特拉斯坎人則改變這種殘留「整字」稱謂的做法，改以字母「音值」做為每個字母的稱謂，於是希臘字母A的「alpha」整字稱謂變成音值a的單音稱謂「a」；B的「beta」變成「be」……等。

至於大部份無聲子音的字母稱謂，伊特拉斯坎人就在改變之後的單音音值的後面或前面，加上一個中性的母音e：原來音值t的希臘字母tau（T）唸成te；原來希臘字母sigma的「Σ」轉為「S」的模樣之後，音值s的「sigma」就跟著改稱「es」，依此類推。伊特拉斯坎人直接以字母近似音值作為每一個字母稱謂的手法，不但被緊接的羅馬人所繼承，也成為後世西洋拼音字母的稱謂方式至今。

伊特拉斯坎人不但把愛琴海的希臘字母繼續往西推進到義大利半島，也把東方的希臘字母，轉化成為適合西歐語文的語音結構與書寫形式，為拉丁拼音鋪好轉型的基礎工程，拉丁人則在這個基礎上，逐漸建構各種拼字的機制並衍生相關的拼音慣例。伊特拉斯坎這個神秘的民族或許來歷不明，他們的文化、城市和書寫文字，全被後來的羅馬文化全盤吸收。就字母的創制而言，後來的羅馬人基本上只是承繼伊特拉斯坎人的字母，做為書寫他們自己文字的「拉丁字母」，並順勢走到人類「拼音字母」演化的終極目標而已。

在佛羅倫斯發現的西元前八世紀伊特拉斯坎字母表，
井然有致的字母排序，已經為拉丁拼音鋪下與書寫與語言的基礎工程。
看起來就是腓尼基符號精細版本的字形，也明顯看到伊特拉斯坎人
為羅馬字母預鑄工整文字造形的貢獻。

在義大利科托納（Cortona）古城發現的科托納書簡，上面的銘刻是晚期伊特拉斯坎的文字樣式，已經脫離腓尼基字母尖斜和扁窄的字形筆劃之影響。寬廣正方的體形和工整的排式，似乎在預告後世羅馬大寫字母的端正造形和莊嚴的碑刻氣勢。

註1：希臘每個字母的稱謂延續腓尼基字母的整字唸法：A＝/apha/，B＝/beta/…等；羅馬字母的稱謂大概就是大家熟悉的A＝/e/，B＝/bi/，C＝/si/…等。

註2：音步是詩行中按一定規律出現輕音節和重音節不同組合的最小韻律單位。常見的輕重音組合音步有五種形式：即抑揚格、揚抑格、抑抑揚格、揚抑抑格、揚揚格。其餘各種音步可以看作是這五種衍生出來的。六步格詩中每行都各有六個抑揚格和六音步。在古典詩法中，前四個音步為長短短格或長長短格，第五個為長短短格，第六個為長長格的一行詩。

註3：伊特拉斯坎人沒有採用希臘成熟時期的愛奧尼亞字母，而是遠在西元前八世紀就出現的尤比亞字母。從此注定愛奧尼亞字母成為後來的東歐字母（Eastern alphabets），尤比亞字母則透過羅馬字母的繼續轉化，成為後世最普遍的西歐字母（Western alphabets）的標準字形樣式。

字母的誕生：
羅馬
Roman

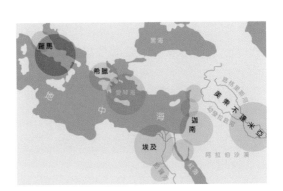

羅馬字母已經完成文字與語音的結構性
磨合階段，整個西洋字母文字的進程走向，
將往文字外在形式的方向繼續邁進，
是思考字母本身造形的時刻，也就是字形
創制的開始。羅馬時期的文字造形樣式，
有如羅馬帝國的光輝成就，是人類文明的
永恆典範，也是每一位研究西洋字體的人，
必須不斷回顧的一章。

2.11

羅馬人從伊特拉斯坎人接手的「羅馬城」，到西元前200年左右，已經轉變成為地中海四週最強大的「羅馬帝國」。擅長正規作戰的羅馬帝國，需要專業制度化的管理，系統化的文字書寫是維持帝國運作的當務之急；基本字母符號的制定，成為拉丁拼音書寫首先要面對的問題。所幸伊特拉斯坎傳承下來的20個左右的字母符號，已足敷大部份羅馬拼音書寫的需求，其它不足的部份，只要用現有的字母稍加修改即可，因此羅馬帝國成立不久，拉丁字母的絕大部份都已經確立。除了J、U、W必須等到稍後的基督教文明時期陸續完成之外，羅馬帝國時期的23個字母的樣式，和今天我們使用的英文字母幾乎完全一樣。

有了伊特拉斯坎人的基本書寫符號貢獻在先，羅馬人就可以專心字母書寫的內在語音結構與外在書寫形式的磨合與修整工程，全力為往後的拉丁拼音鋪打厚實的基石。

從語音到字音

由於伊特拉斯坎語言裡沒有/g/的語音，相對地沒有表達/g/音符號的需要。從希臘引進的字母「Γ」（gamma）原來的/g/音值，於是變成與「K」（kappa）相同的/k/音值，因此伊特拉斯坎的書寫裡，這兩個符號經常有互用的情形，等到羅馬人接收伊特拉斯坎書寫系統之後，才發現他們欠缺一個獨立的/g/音值字母。到第三世紀時，羅馬第一位私立學校校長史普利烏斯・卡非利亞・魯加（Spurius Carvilius Ruga），就在原來伊特拉斯坎「C」字母的右下緣筆劃加了一條小橫槓，從此創造了「G」的字母，滿足了羅馬語音中/g/音值字母的需求。魯加把「G」安置成為第七順位的羅馬字母，而原來在這個位置上，對羅馬語音沒什麼作用的「Z」字母，就被挪到最後的位置，從此成為拉丁字母最後一個字母至今。

說話有高低起伏的聲調變化，語言的單位卻無大小寫的區分。古希臘和羅馬早期的文字基本上只有大寫的字母，偶有類似小寫的字形出現也是兩者混用，等於沒有大小寫之分。因此與其說那時候還沒有大、小寫之分，不如說那時候的人根本沒有大小寫的概念或需要。

西元前五世紀以愛奧尼亞字母為官方的標準書寫字形時，希臘字母仍然是非常幾何的樣式。硬直的筆劃和尖銳的折角是當時的文字書寫只重基本骨幹的呈現。等到羅馬帝國初期，軟性扁平毛筆的風行和平順獸皮紙質的使用，文字的筆形開始有粗細變化，書寫的樣式也開始多樣化（中），連基本字母的創制也受到影響。比如基督教文明時期才出現的「U」字母，就是在軟性毛筆的盛行之後，才逐漸從原本尖角筆直的「V」字母沿生出圓滑彎曲的筆形體式（下）。

羅馬人儘量把拉丁語言裡每個基本的語音，都找到一個匹配的字母符號之外，把無聲字母（如C，/k/）與有聲音字母（如G，/g/）字母符號區別的做法，是拉丁拼音字母注重細緻語音結構的具體表現，是當時全世界除了印度梵文（Sanskrit）語系之外唯一的創舉。至於把對羅馬語音沒什麼作用的字母（如Z）移到不重要的後段位置，則顯示羅馬的文字書寫，不再只是表達語音的標記（mark），字母本身就是有一定語文機制的書寫符號（symbol）。現代英文字母表（alphabet tablet）裡每個字母，不再只是隨機放置的個別「表音」符號，字母的排序還透露每個符號在新的「拼音」書寫系統裡的互動角色。

從隨機拼音到常態拼字

伊特拉斯坎時期有許多「同音異符」的拼音慣例：一個字（word）的前置字母（letter）符號，往往會隨後面緊跟著的字母的音值（sound value）不同而有所變異。比如一個音值/k/的前置字母，後面一個字母的音值為/a/時（ka），前面的字母就寫成「C」；後面字母的音值為/i/（ki）時，前面的字母就寫成「Γ」；後面字母的音值為/u/（ku）時，前面的字母就寫成「φ」。伊特拉斯坎這個依尾隨字母音值（k）改變的前置字母「C」、「Γ」、「φ」，到羅馬時期全部改為「C」、「K」、「Q」三個各自獨立的字母符號。

字母符號與對應音值的獨立區割，促使羅馬字母脫離伊特拉斯坎「兼職」的拼音習性之外，羅馬帝國時代，上述的「Q」進一步演變成為特殊/kw/音值的前置字母，成為後世英文常裡見的「QU-」制式開頭字母組合，說明羅馬的文字書寫，已經不只是個別字母的隨機拼音（phonetic transcription），已經開始往規律拼字（orthography）的境界邁進。近幾年國內雙語幼兒園開始拋棄「音標」記號，並模仿英美語系國家的兒童看字讀音的自然發音（phonics）學英語，其實就是

大部份的羅馬時期書寫中的Q，都是緊跟著V的「QV－」模式
（羅馬時期的V等於後來大家所熟悉的U），一方面釐清伊特拉斯坎字母
裡「C」、「K」、「Q」音值都是/k/的混淆情形，更重要的是
羅馬字母逐漸脫離希臘字母的文字與語言的隨機對應關係，
開始建立書寫符號與語音結構之間的系統化處理機制，真正反應「拼音」
字母的實質，並進一步邁向「拼字」（orthography）層次的語文工程。
（下圖為作者設計的Quicky識別標誌及其應用系統）

肇始於兩千多年前羅馬字母這種「常態性字母組合」的拼字形態發展的結果。

從隨機拼音到常態拼字，羅馬字母已經完成文字與語音之間的結構性磨合階段，使用的符號也已經有肯定的單位數量和一定的順序排列。整個西洋字母文字的進程走向，將從內在語言結構的磨合階段往外在文字形式的方向繼續前進，是文字產生獨立價值的時刻，就西洋拼音字母而言，是思考字母本身造型的時刻，也就是「字形」（letterform）創制的開始。

智性的形式

希臘文字粗具拼音字母的基本架構（子音字母＋母音字母），但希臘字母卻還沒有完全確切的字形樣式。甚至到羅馬建國初期，整個西歐世界的文字發展，都還處在不同書寫文化之間的更替轉化，及不同書寫形式的整頓與磨合階段。如果有所謂通用的字形符號，也祇是一種隱約共識的原型（architype）狀況，同樣一個字母，在不同地域和對不同的書寫者，都有不一樣的認知及表現形式。換句話說，這時候的字母符號只有抽象的智性形式（intellectual forms），還沒有長出一套具體的實質形狀（physical shapes）；只有共識的文字系統（writing system），還沒有具體的書寫樣式（script system）[註1]。

字形的創制

文字的外在形式必須反應語言內在結構的本質與特性；字形的樣式會受社會環境和民族文化的因素，影響其造形走向。古典時期的希臘化時代（西元前330年左右的亞歷山大大帝時期，到西元146年的羅馬統治希臘半島之間），整個拉丁文化幾乎是希臘文化的翻版，無論是直接承續伊特拉斯坎，還是間接來自希臘，羅馬拼音字母算是希臘

| 希臘尤比亞 ▶ | 伊特拉斯坎 | 早期拉丁 | 羅馬拉丁 |
| Euboean | Etruscan | Early Latin | Roman Latin |

書寫文化的一脈相傳。

不過相較於希臘城邦型的政體組織，及愛琴海分散點式的地緣環境，義大利半島狹長的地形顯然比較容易做線性的連結。尤其羅馬城的集中城市形態，及地處義大利半島中樞的地理位置，對拉丁文化的凝聚及羅馬社會的認同，先天上都比希臘更具優勢條件。怪不得羅馬人在驅逐伊特拉斯坎王族不久之後，很快就成立他們自己的政府組織，並且在很短的時間內建立了人類歷史上第一個共和政體。

從部落到貴族，從貴族到共和，再從共和演變成為大帝國的同時，羅馬也逐漸發展出與希臘不同的文明特質與文化風格。特別是在法律、戰爭、藝術、文學、建築和語文方面，羅馬正在建立一種有別於希臘古樸、自由和簡單的文化特質，逐漸朝向理性、秩序和細節變化的文明建設邁進。更重要是初期希臘字母顛三倒四的字形和奇形怪狀的書寫習性，在羅馬共和時期已經完全改觀：羅馬人不但有統一的字母書寫形式，書寫的方向也已經統一從左向右的橫向書寫。

石刻牌坊和鑄鐵鑲字彰顯羅馬的書寫，字形的象徵意涵遠超過字義傳輸的功能。文字是昭告羅馬盛世和宣揚帝國榮耀的必要利器。

進入帝國之後，羅馬人的政治勢力涵蓋整個義大利半島的拉丁世界，羅馬帝國的軍事實力橫跨整個地中海並深入西歐大陸。無論是國家觀念的強化和行政管理的宣導，還是確保海外遠征或異域駐軍的情資掌握，都必須仰賴一個簡明有效的書寫系統。加速拼音字母的統一規則，確定書寫符號的一定形式之外，個別字母的體態及筆劃樣式的細節推敲，更是昭告羅馬盛世和宣揚帝國榮耀的重要考量。書寫已經不再只是純粹思緒內容的記錄功能考量，文字也不再只是單純服務語言的「透明」角色，文字的造形及書寫的樣式同樣具有表達語言思緒的能力之外，更

羅馬帝國時期的文字已經走過與語言的結構性磨合階段，
書寫符號的智性原型也確立之後，文字不再只是固守語言載體的透明角色，
文字的形式意義與造形價值開始浮上檯面。

從古希臘、伊特拉斯坎，一直到羅馬初期，
文字的書寫形式還在尋求共識的階段，
許多字母都還沒有肯定的樣式，縱然有也只是基本
架構的骨幹形態，筆劃既沒有粗細差異的變化，
更談不上有固定樣式的造形意識。
羅馬帝國建立之後，隨著帝國的國威高漲，
羅馬字形漸趨古典大方，羅馬文字
也隨之傳佈到整個地中海世界。

文字走過與語言的結構性磨合階段，
書寫符號的智性原型也確立之後，
文字不只是固守語言導體的透明角色，
文字的形式意義與造形價值開始浮上檯面。
現代識別體系裡的字形標誌（logotype），
可以說是最能夠彰顯文字跨越
言辭語言（verbal language）轉譯角色，
展現視覺語言（visual language）魅力的典範。
（下圖作者為台灣高鐵設計的識別標誌）

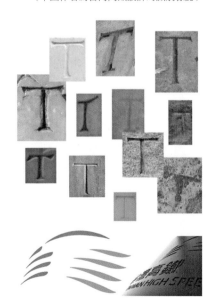

羅馬人從伊特拉斯坎人接手
的羅馬城，到西元前200年
左右，已經變成為地中海四
週最強大的「羅馬帝國」。
羅馬文字被認為是羅馬對世
界文化的最大供貢獻，圖拉
真塔柱入口銘刻的大方字
形，則是羅馬文字造形的典
型樣式。

羅馬承繼希臘字母的同時，
也把希臘字形進一步發揚光大。
大方字形是從希臘引進硬筆
到鐵筆，再到鑿刀銘刻的
字形創造過程的極至表現。
（上圖是英國維多利亞‧亞伯特
博物館的複製模本，
下圖是羅馬圖拉真塔柱現場
的大理石原刻銘文。）

能展現視覺意象的無限感染力。

　　羅馬人從西元前六世紀開始吸收和融入伊特拉斯坎人的書寫文化，前後將近500年的拉丁字母，其實一直沒有很像樣的文字造形，今天人人都讚賞有加的「羅馬字形」，必須等到第一世紀前後才會陸續展現在文字歷史的舞台。除了一般人比較熟悉的莊嚴端正的大方字形之外，古典羅馬時期陸續出現的其它文字造形樣式，有如羅馬帝國的光輝成就，是人類文明的永恆典範，也是每一位研究西洋字體設計的人必須不斷回顧的一章。

　　前後將近四千年「字母的誕生」的發展演進，到羅馬拼音字母時期算是已經完全走完。如同歐美大學稱他們的畢業典禮為commencement，不是「結束」，而是「開始」的意思，西洋字母書寫文化下一階段，同樣也以羅馬字形為新的出發點，繼續往前推進。

註1：文字系統（writing system）是心中的抽象原型，書寫系統（script system）是外現的具體形式。比如日文只有一個文字系統（日文），卻有三種書寫系統（平假名、片假名、漢字）；中文是同一的文字系統和書寫系統。

ABCD
EFGHI
JKLM
NOPQ
RSTUV
WXYZ

以羅馬大方字形為藍圖設計的Adobe Trajan字體

字母的系譜
Genealogy

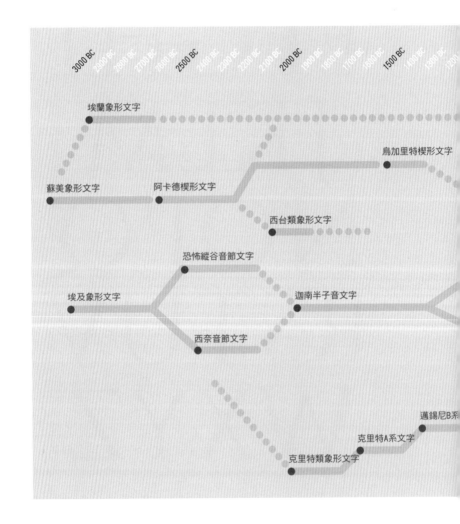

3000 BC　2900 BC　2800 BC　2700 BC　2600 BC　2500 BC　2400 BC　2300 BC　2200 BC　2100 BC　2000 BC　1900 BC　1800 BC　1700 BC　1600 BC　1500 BC　1400 BC　1300 BC　1200

埃蘭象形文字

烏加里特楔形文字

蘇美象形文字　　　阿卡德楔形文字

西台類象形文字

恐怖縱谷音節文字

埃及象形文字　　　　　　　　　迦南半子音文字

西奈音節文字

邁錫尼B系

克里特A系文字

克里特類象形文字

246

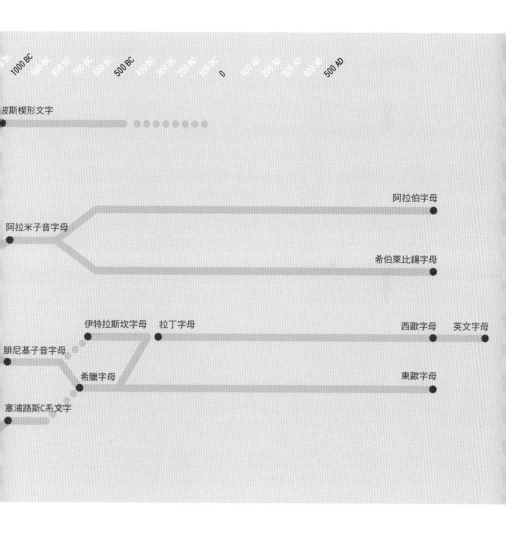

字母書寫與視覺化閱讀
Alphabetic writing and visual reading

書寫的異化

　　如果說書寫是說話的附庸實在是過分太輕忽的看法了，文字做為傳言達意的工具性角色應該是不爭的事實。縱然到二十一世紀的今天，圖像資訊充斥的數據傳媒時代，絕大部份的書寫符號仍然必須建立在記錄語言思緒，和傳達語言意義的基礎之上，如此文字的功能才能夠確立，書寫的意義才可以彰顯。無論是中文的表意文字還是西洋的表音字母，基本上都是以表達語言的意義，或表現言語的聲音為主要的功能任務。

　　象形文字之後，西方文字類型的演化加速脫離圖像的直接表述，文字的外在形式逐漸喪失自然的直觀意義（instinctive sense），字形與語意之間的關係可以作隨機的指涉（random reference）連結，書寫符號全力往語音代號的方向邁進。不過文字書寫與語言說話之間，這種看似日愈密合和漸趨同化的情形，其實有令人想像不到顛覆本質之弔詭：一個在古迦南書寫系統裡原本還保有「牛頭」意象與語意的音節符號，到腓尼基字母時期已經看不出牛頭的樣子，意涵也不再是牛頭，不過卻仍然延用/alep/做為該字母的稱謂。之後輾轉傳到希臘成為純粹表音的字母符號，也仍然維持整字名稱（word name）的/alpha/字母稱謂，直到再傳往義大利半島，並經由伊特拉斯坎人異語言文化的一番轉化成為拉丁字母時，終於進一步萎縮成為只有單音代號的/a/，成為現代英文「A」的字母稱謂至今。

書寫向說話靠攏以及文字臣屬言語的發展是一刀的兩刃：一方面在外層架構上，把兩個原本分屬不同媒介性質的視覺符號（文字書寫）和聽覺訊號（言語說話），緊密地結合在一起，另一方面在底層結構裡進行內爆式的語音單位再裂解。現代的電腦數據語音分析，幾乎一開始就超越言語發音（phonetics）的單純範疇，早已經是物理發聲（acoustics）的普遍性探討。一個不再具有語言意涵的聲音代號，是否還是書寫符號？書寫密合言語又異化語音的詭變，是檢驗文字與語言之間關係質變的關鍵起點。

　　書寫符號（如圖繪紀事）從一開始與口語說話並行的各有所司，到文字與言語合而為一（如表意文字）；等到拼音字母的階段，書寫符號又背離文字表達語意的天職，往純粹聲音代號的方向繼續分化。字形與語意以及書寫和語音之間「分久必合，合久必分」的情形似乎指出，現實的人文歷史之更替如此，抽象事理的演化亦如是。

閱讀的默化

　　一直到西元前後，西歐世界的語文活動，仍然是以朗讀和歌頌為主要的表現方式，文字書寫在一般的日常生活當中，大都是做為口語說話時的備忘或要點提示；藝文之類的作品裡，文字容許有比較多自主表現的機會，但仍然有一大部份只是無實質語意內涵的語調高低，或音韻變化之類的標示記號。文字作為朗讀和配合歌頌的輔助性角

色極為明顯；書寫依附口語發言而存在的地位也不言可喻。怪不得西元前五世紀時，聖奧古斯丁第一次看見他的老師聖安布羅斯（St. Ambrose）手上拿著一篇文稿，口中不發一語，只是若有所思地凝視眼前書寫文字的情形，百思不得其解。在一個文字書寫只是做為開口朗誦的輔助性角色的時代，不只當時的聖奧古斯丁難以理解，這種只以眼睛凝視不用開口出聲的「默讀」方式，在西元前的「朗誦」時代也是很難想像的情景。

不過，書寫附庸言語的情形到中世紀時期（Middle Ages，約西元後500年到1500年之間）有了180度的大轉變：文字的「默讀」反過來替代書寫的「朗誦」；心中的語音印象（linguistic sound impression）取代了嘴巴的口語發聲（speech sound expression）。整個中世紀將近1000年識字教育的特權和書寫記錄的義務，幾乎都全部落在歐洲各地的教堂僧侶身上。這些終年（或終生）足不出戶的僧侶們，有些人的主要工作就是經文的抄寫。一年365日，一天十幾小時，一個人關在幾乎封閉的密室裡，面對成千上萬的書寫文字時，有的只是一連串眼睛的注視和心裡的默唸。

中世紀的僧侶不開口朗讀，只是不停的抄寫與默唸，有如今天的聾啞人士也可以擁有閱讀和書寫的能力，證明近代語言學派認為語言（language）是人類特有基因型機能（genetic faculty）的說法。他們認為語言思緒是一種沒有固

"It's no fun hearing a story that's really meant to be read."

Woody Allen

定形式的抽象內容（knowledge），以聲音所呈現的說話（speech），只是人類表達這種語言思緒的一種媒介（或形式）而已，而純粹視覺的文字書寫（script），也可以是另一種具備完整表達語言思緒的表現形式[註1]。

美國電影導演伍迪・艾倫（Woody Allen），在為自己出版的第一本有聲書（audio book）朗讀錄音之後，很後悔地說，有些書就是適合閱讀，只能說給「心耳」聽，經由嘴巴讀出聲音，就不對勁了[註2]。從朗誦到默讀，就語言的角度而言，是文字脫離言語附庸及書寫，朝向獨立表達的演化結果；從媒介的本質來看，則是人類的語言思緒從口語（vocal）往視覺（visual）轉傾和異化的走向。

當然，西洋文字的閱讀，不是一下子就從開口發聲的朗誦，直接跳躍到睜眼凝視的默讀。中世紀的靜默書寫和視認閱讀還沒成氣候之前將近1000年的拉丁文化崛起之時，羅馬的文字書寫就已經顯露取替希臘口語傳誦的語文表達模式。書寫脫離口語的附庸，預告書寫獨立時代的來臨；語文往視覺轉傾，是思考文字造形的時候，也就是字形」議題浮上台面的時刻。

視覺化閱讀

從朗誦到默讀，就語言的角度而言，是文字脫離言語的附庸及書寫朝向獨立發展的結果；從媒介的本質來看，則是人類的內在語

"The medium is the message."

Marshall McLuhan

言思緒從口語往視覺轉傾的走向。近代媒體大師馬歇爾‧麥克魯漢
（Marshall McLuhan）指出：活字印刷的發明，在加速無聲閱讀的同
時，也把過去人類五感互動的整合體會，壓縮到單一向度的視覺識
認；活字快速又準確的複製能力，更把文藝復興透視法單一觀點的同
質化文化現象推向最高峰。他更進一步指出：西方世界擺脫古希臘城
邦分治，及中世紀封侯分據的「部落」時期，轉而向一條鞭的國家主
義（nationalism）時代推進的凝聚元素就是字母的書寫形式。

　　西方現代世界從字形到視認，從活字到印刷，從書籍默讀到同質
文化，都可以從字母的內在本質和活字外現特徵，看出前因後果的端
倪：字母的線性邏輯，幾乎就是西方理性主義的科學研究的文化基
因；活字的單一觀點，則強化現代主義的標準化作業模式。而字母的
線性邏輯和活字的單一觀點，就是透過字體編排做具體的呈現。

　　字體編排（typography）是以字體（type）為單位做圖形
（graph）處理的視覺化呈現。不同字體本身有一定的視覺樣式（字
形），會散發某種程度的視覺意涵之外，一顆顆字體組排之後的整體
空間關係，是另一種層次的視覺形式（版型），也有一定程度的視覺
表現意義。同樣一篇文章，用明體或黑體的植字，看起來有散文或論
文的不同文類意象；同樣一篇詩作，居中或齊左的排式，讀起來會激
發崇高或清雅的不同情緒感覺。

　　原本作為內容載體的文字，滲雜形式的意涵價值時，也是文本

（text）從透明轉化為不透明的時刻：閱讀就不再只是個別內容的言辭閱讀（verbal reading），而是整體版頁的視讀（visual reading），或視覺化閱讀。

從筆者假日隨手攜帶的讀物，可以看出有些閱讀只是資訊內容的灌輸（中間為從網路下載列印的文章），有些閱讀則要求內容形式、文辭字體、故事版頁的整體視讀（visual reading）經驗。右二為聯合報附錄紐約時報摘錄版報紙，從字體植排到版型樣式，筆者一眼就看出是在美國編排設計再傳到台灣製版印刷。那種手中握著二、三張原汁字體編排的報紙，整個人就飛到紐約曼哈頓的感覺，或許很難與（非字體編排專業）外人道。

閱讀視覺化

　　人類的閱讀歷史，從來沒有只閱讀內容，而沒有視讀形式，只不過在二十世紀之後，視覺化閱讀有加速擴大的現象。尤其在二十一世紀的網路時代，甚至有進一步轉化到「閱讀視覺化」的傾向。電腦及手機簡訊傳輸之間常用的情緒圖符（emoticon，即emotion icon），或許內容太少，規模太小，還不足於稱為「閱讀」的形式；但所謂的圖像小說（graphic novel），則已經撐起視覺的旗號和用圖像的形式，走進各大書展專櫃和登上各重要書評的對象名單。

　　西洋文字從的一開始擺脫象形圖符，到希臘羅馬的完全表音文字，足足將近四千年的時光，二十一世紀才過了不到十年，人類的書寫文明似

目前的圖像小說集中
在「低脂」的漫畫形式，
顯示圖像式書寫還沒辦法做
「高單位」的視覺語言表現，
離智性的視覺化閱讀，
還有一段距離。

乎有向圖像符號翻轉回去的跡象。字母的書寫形式擺脫象形，甩掉表意，全然擁抱表音的偉大成果，是否在閱讀視覺化的今天，即將成為泡影？事實上並非如此。

　　首先，人類正式的書寫歷史上，字母書寫從來沒有像現在這麼全面性的普及和流行：全世界使用英文為主要書寫就有十億上下的人口，而英文字母只是好幾十種拉丁字母和數百種字母書寫的一種形式。第二，就算非字母為主要書寫的地區，也大多數以英文做為第二語言，等於是使用字母的語文形式。第三，隨著英文全球化的趨勢，就算中文漢字也不得不和字母合作：無論你是什麼黨派立場，不選漢語拼音，就用羅馬拼音。非表音文字的書寫搭配表音字母的符號，已成為全世界公共場合文字書寫的通例。

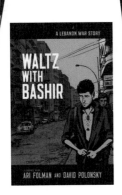

至於非正式的文字書寫情境裡，非象形的字母形式，不只與時下流行視覺化圖符不相牴觸，字母簡約的筆形體式，反而是大量資訊交流時代的符號造形標竿；字母最小單位和無限組構的彈性特質，更是網路閱讀漸趨功能分割（segmentation of functions）和視覺量化（principle of visual quantification）的最佳選擇。

　　字母書寫離開「圖象」的發展走向，滿足過去二千年西洋表音書寫文明的需求；字母符號在二十一世紀還留住「圖形」的發展結果，豪無疑問將可以保送字母的書寫形式，往下一波閱讀視覺化的新紀元繼續前進。閱讀《字母的誕生》，不只在回溯字母的發源過去，也在探究人類未來的書寫走向。

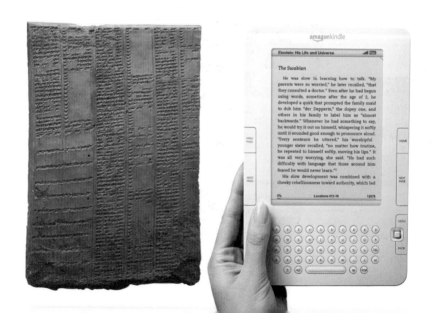

註1：作者曾在一次聚會場合，向語言學家喬姆斯基（Noam Chomsky）請教視覺語言（visual language）的可能性及其與言辭語言（verbal language）的異同。喬姆斯基表示除了外現器官（external organs，眼、口、耳、鼻等）造成兩種語言形式上的差異之外，視覺語言不只是可能，兩者的語言本質其實是一樣的。

註2：I imagined it would be quite easy for me, and, in fact, it turned out to be monstrously hard. I hated every second of it, regretted that I had agreed to it, and after reading one or two stories each day, found myself exhausted. The discovery I made was that any number of stories are really meant to work, and only work, in the mind's ear and hearing them out loud diminishes their effectiveness. Some of course hold up amusingly, but it's no fun hearing a story that's really meant to be read, which brings me to your next question, and that is that there is no substitute for reading, and there never will be.., （Woody Allen, New York Times, July 20, 2010）

關於文字書寫的發展，不管你喜不喜歡，
網路閱讀和電子書已經進入你我的書房，
也逐漸佔據學校和社區圖書館的書架。
紙本印刷的閱讀會不會被影幕瀏覽取代，
大家都在找答案；但可以確知的是，
拼音的概念和字母的形式將會繼續好一陣子。
人類還可以隨時翻開一本書閱讀，
還是隨地下載幾頁文章來瀏覽。

結語：一個字體工作者的教育
Education of a typographer

　　我個人出國前，在台灣已經從事平面設計多年，從早期的手工字形描繪，歷經鉛字排版，一直到照相打字的作業模式，都有一段不算短的實務工作經驗。這段期間雖然必須處理各式各樣與文字造形有關的設計資材，偶而也會獲得一些平面設計或版頁編排之類的獎項，但這些作品現在回想起來，實在沒有什麼明顯文字造形或字體編排的專業意涵，充其量只能算是一些「圖勝於文」或「美工重於設計」的版面排列組合，更談不上有字體學（typography）的知識性素養。

摸索與啟蒙

　　七〇年代的台灣在字體學方面，無論學校還是業界，都還處在極為荒蕪的時代，不知「字體」為何物，「打字」都是剪剪補補，毫無專業素養可言，我真正注意到文字造形的相關議題，是在出國留學的前一、兩年。由於很早就有閱讀外文設計圖書的習慣，除了吸收國外當時比較先進的設計思潮理念，或賞析特別的創意圖形之外，有意無意之間，逐漸注意到文字造形與字體編排在國外平面設計界被重視的情形，從而意識到當時國內在這方面的認知非常貧乏、甚至無知或誤解。有了這種萌芽式的驚覺，我開始嘗試搜尋並閱讀相關的書籍刊物，並在出國前夕於《雄獅美術》和《藝術家》雜誌，先後發表了「從讀到看」及上下兩篇「版面設計的藍圖：怎樣動手做編排」的文章，算是我與文字造形這門專業知識第一次正式交手的記錄。

沃夫岡‧魏納特（Wolfgang Weingart）視文字和圖像為「一體成形」的版面要素所創造的多重紋理效果的看法，不只把他個人拱為八○年代西方文字造形設計界的新偶像，更造成美國平面設計界重尋沉寂將近半世紀之久的「瑞士學派」國際風格設計樣式的陣陣風潮。

正規的字學教育

　　到美國，首先進入伊利諾州的芝加哥藝術學院。除了因該校強烈實驗風氣而修習的馬克思美學，及影像藝術並兼習石版畫創作之外，我也首次接觸正規的西洋字學教育課程。經歷六○年代創意廣告與七○年代識別設計高峰之後，八○年代初期，正是平面設計界所謂「新浪潮」（New Wave）盛行，及建築界「後現代」樣式浮上檯面的時期；一股以文字為主要造形表現要素的版面設計風潮，正由芝加哥這個資本主義國家中的社會主義思潮新都帶頭，逐漸在美國本土擴散展

筆者在PDR工作的期間，不只透過造字師父，
一窺遠古的造字技術，也與剛問世的麥金塔電腦，
作了全球桌上電腦數據排版的第一類接觸。

開，我個人稱之為「瑞士學派反撲」風潮。

　　而帶動這股風潮的第一健將，來自瑞士巴賽爾（Basel）設計學校的沃夫岡‧魏納特（Wolfgang Weingart），這時候剛好在芝加哥藝術學院展開他在美國字形編排設計講座的第一站。魏納特上課時所展示的正統國際樣式（International Style）的簡約架構，結合後現代解構主義切割互置的多重紋理視覺樣式，讓我隱約感覺到，繼七〇年代以赫伯‧盧巴林（Herb Lubalin）為代表的紐約派字體造形設計運動之後，另一股新的文字造形設計樣式已儼然成形，並將取而代之。

專業的設計環境

　　1984年初秋，我從芝加哥坐了三天三夜的灰狗巴士到紐約市，進入布魯克林區的普瑞特（Pratt）藝術學院的設計研究所。在普瑞特的「文字造形設計」（Typographic Design）課程裡，我遇到當時在西方花體字形設計界有「世界最精密手指」之稱的湯尼‧迪斯匹格納（Tony DiSpigna）。除了學校課堂上見識到湯尼那完全「手工」繪製既精細華麗又現代大方的花體字形圖案之外，我又特別選修由他深入指導的研究課程。從湯尼的現代花體字形設計，到整個紐約世界第一設計之都的環境，我算是正式見識到西洋字體造形及美式編排，所展現出來的世界級專業設計水平與國際性的創作架勢。

　　也就在這個時候，由蘋果電腦開發推出的麥金塔（Macintosh），

及由其掀起的一場自古騰堡活字印刷術以來，最徹底的印刷設計與字體排版作業革命，剛剛就要開始。透過紐約時報人事廣告欄，我很幸運地進入位於公園大道與第23街，一家名為PDR（Pastore DePamphilis Rampone）的印前與造字公司，在該公司剛成立的電腦繪圖設計與造

從精細華麗的現代花體字形作品裡，不難看出筆者對這門技藝亦步亦趨、亟思超越的野心。青出於藍，能否勝於藍是其次，可以在第一流高手的指導下研習，本身就是一段痛快淋漓的專業人生經驗。

字部門。也因為這樣，我成為全世界第一批正式於平面製作使用麥金塔電腦的專業設計者，並有機會親手處理傳統造字師父的鉛筆字體設計手稿，見識到字形美妙感人的線條。這段字體設計製作及正統美式印前作業的工作經驗，加上剛出爐的麥金塔作業環境，我對字形和字體的體認，終於在這場遠古造字技術，與先進電腦科技的交互激盪之

艾德・班奇雅特
（Ed Benguiat，左）
湯尼・迪斯匹格納
（Tony DisPigna，右）

中，逐漸一一明朗。

值得一提的是，由於PDR多年來一直是IBM在美國東岸所有廣告報紙稿及部份企業平面設計品的印前製作公司，我因此有機會與經常前來公司交付設計製作的保羅・藍德（Paul Rand，PDR老闆的多年好友）有一段難得一起工作的機會。再加上在PDR期間，經常有機會接手一些跨國企業的工作，直接領教到世界第一流設計大師在字體編排與平面設計上，所呈現簡潔攝人的形式，並體會他們深邃感人的創作理念。

深化的字體研習

有了PDR初步卻又近乎完美工作環境的實務經驗之後，我決定繼續往字體設計（type design）作更進一步的學習，於是申請進入紐約視覺藝術學院（School of Visual Arts）一個由艾德・班奇雅特（Ed Benguiat）所指導的字體設計研究班。艾德・班奇雅特這位幾乎是本世紀最多產的字體設計「霸主」，他上課時所展現的絕對專業功力，及那股傳統字體設計師特有的自負氣勢（一堂課下來，滿室飛舞及到處散置一張張被他撕裂拋棄的學生作業，是典型的教室景象），不只深化我對字體細節的實質掌控能力，也更進一步激化我個人日後幾乎也同樣不強烈又自負的「字體」專業人格。

結束班奇雅特的字體設計魔鬼訓練營之後，我又進入帕森斯

"Graphic design is essentially about visual relationships..."

保羅·藍德（Paul Rand）

如果能夠了解「文字本身就是造形，字與字之間就有形式」的道理，那麼在面對看似單純字體組合的一流造形設計時，就可以明白大師之所以成為大師的原因何在。上圖為保羅·藍德（Paul Rand）為筆者服務的PDR公司設計的Logo及信紙。下圖為筆者受Chermayeff & Geismar設計公司委託，重新數據化整理美孚石油的視覺識別系統項目之一。

右圖為艾德‧班奇雅特（Ed Benguiat）
指導筆者字體設計的手稿。
左圖為筆者一個字母、一個字母描繪的練習稿。

（Parsons）設計學院修習字型書寫（在色稿上用簡潔明快的筆劃，迅速地描寫出各種大大小小可茲辨認的標題字型）及版面編輯研究的課程。透過這些以快速表現字體類型，及探討圖文細節的課程安排，我開始大量搜集、研習西洋遠古以來，各時期有關字體及書籍版型資料。尤其從中世紀的手抄本到十五世紀活版印刷之間的古籍冊頁，及至十八世紀左右的古典字體印刷書籍圖版，都是教我經常廢寢忘食、魂遊時空的研習對象。

實證的工作經驗

　　除了正規學院式的字學教育和專業造字機構的環境浸潤之外，我在美國前後待過10家左右的廣告或設計公司。在這段從事商業設計為主體的工作期間，有關文字造形學理與字體編排知識在平面設計創作上，及其在市場機制中運作的實務經驗，使我更進一步確認，文字造形與字體編排設計在國外平面設計專業領域裡的份量，以及字體編排師（typographer）或字體設計指導（type director）的角色，與其所應發揮的功能，完全不是國內相關業界所能想像或比擬。

　　舉例來說，在我服務過的一家叫Design Lab的機構，曾經有一張看起來普普通通、其貌不揚的酒會邀請卡，我前前後後，來來回回，一共打了將近25次的照相打字（當時該機構還沒開始使用桌上電腦排版系統）。也就是這種對字體「絕對苛求」的設計環境與工作歷練，

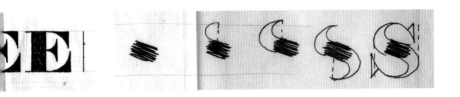

使我從此認識到，知識原理與實務應用仍是「設計」這門工作一體兩面不可或分的專業特質。多年來，無論是學校課堂上的教學活動或是個人的知識研究探索，乃至於商業性質的設計工作，我都堅持這個專業知識的原則與信念，全力以赴。象牙塔式的學術研究，固然是我鑽研科學知識與探索純粹創意的安全堡壘；殺戮戰場般的商業設計實務，更是檢測個人所追求的是真知還是偽學的最佳試劑。

期待一個有字體教養的設計環境

台灣平面設計界長久以來偏重圖像表現，再加上相關資訊的短缺，以及師資程度的參差不齊，字體編排設計可以說是平面設計業界最貧弱，也是相關教育機構最使不上力的一環。偶而有些設計者也會注意到字體編排的重要性，但一般來說也都僅止於字體編排在整個設計品裡所呈現的視覺效果考量，基本上不脫離形、色、構成等視覺原理所關心的範疇，無法對字形或字體的本質與特性，做有效的掌控或做更高層次的發揮。

近幾年大專院校裡的相關科系，雖然已有越來越多返國的人才和本國培育的師資，但似乎也都只是順勢把在本身求學期間所接觸的有限課目與教材，依樣畫葫蘆似的移植到個人任教的課堂教室裡，或是藉由目前網路之便，在「魂遊四海」幾趟之後，下載一些國外學校裡類似的教材。從許多不是流於蜻蜓點水式的表象資料轉輸，就是任由

學生做美其名為創意解構，實則做隨機配置式字體截肢的學生習作裡，似乎說明「字體教養」是需要被正式提出來做一個全面性討論的時候了。

　　字學或字體編排，尤其字體設計，向來就是一門鮮為人知的技術與學問。一般以圖形或純粹視覺效果為表現主體的平面設計，似乎只要透過幾年美工科系課程，甚至幾個月的美工補習班訓練，再配合方便又容易上手的桌上電腦，似乎人人都可以隨時「輸出」一張張看起來有模有樣的作品。反過來，任何一位稍具基礎認知的字體編排工作者，或略諳此道的平面設計師，或多或少都得要有10年上下的相關歷練。

　　文字造形或字體編排的認知與素養之所以如此不易培育，除了早期字體專業少人鑽研，相關知識與技術不易傳習下來之外，字體作為文字內容傳載應有的媒介「透明性」（只言文意，無視字形），更是造成字體本身在閱讀時，很難被讀者意識到它的存在；版面編排時容易被設計師忽略的主要原因。而字體的樣式，尤其是西洋字體的樣式動輒以百千計，一般的設計人員連最初步的字體選擇都成問題，更何況後續錯綜複雜、變化細微的版頁編排設計之掌控？

　　目前國內的設計行業，由於桌上電腦排版的引用，間接「夾帶」進來的字型與螢幕上觸目可及的一堆相關用語，一時間，設計者口出必「typography」，而工商企業界曾經風行的字形繪製與發行，更是

筆者在國外做過西洋古籍及書體的研究，有不少古籍善本的第一手經驗，對西洋古籍書體的認識，略懂一二，對我的「字體」研究和「字形」創作都有深遠的影響。而且由於對字形的廣泛興趣，也有一段不算短的西洋書法經驗，無論最基本的字母筆形練習（上），還是給老友寫信寄賀卡（中），我都試著把書體、書法、字體三者做整合的練習和統籌運用到各類型的設計實務工作上。

除了設計實務工作和學術研究，在學校教學活動之外，筆者也試著做一些與字體知識傳承及字體專業傳授有關的工作。比如為了認字和識字的需要，並解決傳統字體樣本的厚重不便和電腦螢幕字型的不定性，筆者在十年前，就設計印製一套包含一百種西洋字體的名片盒大小的　　　　　「英文字卡」。

另外，最近又應一些學界和業界朋友的建議，也偶而擇期開塾傳授字體學的課程，希望在台灣欠缺完整字體專業師資的教學環境，提供有心人一個補強的機會。

個人電腦剛推出時，許多設計專業人士大聲疾呼，
認為一般人最好還是用傳統打字機做文件編排的工作，
至少可以因打字機的有限字型選擇與固定行文樣式。
保持一定水平的排式。今天數據網路已成定局的時代，
如何積極培育專業字體編排的素養，更是當務之急。

人心沸騰過好一陣子。乍看之下，台灣從此將從「美工設計」的層次一路往字體編排的境界推進。殊不知，這種從先前對字體一無所知的黑盒子，一下子跳進數據化編排設計的萬花筒，這當中的諸多虛胖假象，對國內文字造形與字體編排的發展以及整個字學教育的培養，是正面還是負面，仍有待進一步審慎的觀察與評估。

當一種硬體工具從專業領域釋放到一般大眾手中時，若沒有適切的軟體知識和專業素養伴隨，往往會發生供過於求，破壞大於建設的脫序現象。早期的個人電腦剛推出時，就有許多設計專業人士大聲疾呼，認為一般人最好還是用傳統打字機做文件編排的工作，至少還可以因打字機的有限字型選擇與固定行文樣式，保持一定水平的字體排式與版面模樣。而時下設計界，滿天飛舞的隨「機」（電腦）扭曲字形以及無數莫須有的視覺特效（有圖必成立體、有字就加陰影、有色當然要做漸層處理……），正好說明台灣目前文字造形與字體編排設計，仍然處於開發中國家典型的「過去一直很難擁有，現在通通馬上要有」的文化陣痛期。

就整體字體編排設計的素養而言，度過文字造形文化陣痛期的最佳策略就是回歸原點，從最基本的「字形樣式」與「字體類型」著手。透過各種字形樣式發展沿革的歷史陳述，既可以對字體設計的原理原則有完整脈絡的全盤性認識，更可以藉此體會文字造形與社會文化和科技環境之間的互動關係。而對個別字體類型的深入解析，不只

在面對眼前成千上萬的字型時，鍛鍊一定程度的「判讀」能力，對往後更深廣的版頁編輯設計，也才能作整體掌控與發揮設計創意的空間。相信透過這種漸進與逐步提昇的字形與字體的教育性論述，台灣相關的設計產業也才能擺脫獨尊圖像的美工氣息，塑造圖文兼修、形意相成的設計文化。

回到原點，回到未來

　　文字造形與一個民族的書寫符號有直接的形式關係；字體編排則必須建構在一個文字文化系統的基礎之上。西洋文字的最基本單位就是「字母」，從「字母」這個原點開始，不只可以接觸到大部份西洋主要民族的書寫符號形式，從「字母」這個原點出發，還可以優遊整個西方世界的語言文字文化。以西洋文字造形和字體編排的專業素養而言，回到這個最小的原點，才可以看到無限回到未來。

王明嘉
2010年8月 於王明嘉字體修院

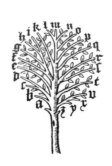

參考文獻
References

Akira Nakanish, 1975, *Writing Systems of the World*, Charles E. Tuttle.

Allen Haley, 1992, *Typographic Milstones*, Van Nostrand Reinhold.

Allen Haley, 1995, *Alphabet*, Thames and Hudson.

Allen Hurlburt, 1971, *Publication Design*, Van Nostrand Reinhold.

Alexander Lawson, 1990, *Anatomy of a Typeface*, David R. Godine.

Amos, Rapoport, 1982, *The Meaning of the Built Environment*, The University of Arizona Press.

Andrian Wilson, 1993, *The Design of Books*, Chronicle Books.

Arnheim, Rudolf, 1969, *Visual Thinking*, University of California Press.

Berger, John, 1972, *Ways of Seeing*, British Broadcasting Association and Penguin.

Betty Edwards, 1979, *Drawing on the Right Side of the Brain*, J. P. Tarcher.

Cal Swann, 1991, *Language and Typography*, Van Nostrand Reinhold.

Chomsky, Noam, 2002, *Syntactic Structure*, Mounton de Gruyter.

David Crystal, 1987, *The Cambridge Encyclopedia of Language*, Cambridge University Press.

Dondis, Donis A., 1983, *A Primer of Visual Literacy*, Massachusetts, The MIT Press.

Edward McNall Burns et al., *World Civilization*, W.W. Norton.

Emil Ruder, 1981, *Typography*, Hastings House.

Ferdinand de Saussure, *Course in General Linguistics*, The Philosophical Library.

Gregory P. Trauth and Kerstin Kazzazi, 1996, *Routledge Dictionary of Language and Linguistics*.

Harald Haarmman, 2002, *Geschichte der Schrift*, Verlag C. H. Beck oHG.

Harley, Trevor, 2001, *The Psychology of language*, East Sussex, Psychology Press.

Hawkins, John A., 1988, *Explaining Language Universals*, MA, Basil Blackwell.

Herbert Spencer, 1983, *Pioneers of Modern Typography*, 1983, The MIT Press.

Ignace Gelb, 1963, *A Study of Writing*, The University of Chicago Press.

James Paul Gee, 1993, *An Introduction to Human Language*, Prentice-Hall.

Jan V. White, 1982, *Editing by Design*, R. R. Bowker.

Johanna Drucker, 1995, *The Alphabetic Labyrinth*, Thames and Hudson.

John Locke, *An Essay Concerning Human Understanding*, Oxford, Clarendon Press, 1975.

John Lyon , *Language and Linguistics*, Cambridge University Press.

John Noble Wilford, *String and Knot, Theory of Inca Writing*, New York Times, Aug. 12, 2003.

Joyce Irene Whalley, 1982, *The Pen's Excellencie*, Taplinger.

Judith Wechsler, 1978, *On Aesthetics in Science*, The MIT Press.

Karen Brookfield, 1993, *Writing*, Dorling Kindersley.

Kepes, Gyorgy, 1995, *Language of Vision*, Dover Publications.

Kress, Gunther, et al., 1996, *Reading Images*, London, Routledge.

Lupton, Ellen et al., 1993, *The Bauhaus and Design Theory*, London, Thames and Hudson.

Neil Smith, 1999, *Chomsky*, Cambridge University Press.

Nicolete Gray, 1986, *A History of Lettering*, David R. Godine.

Philip Brady, 1988, *Using Type Right*, North Light Books.

Plato, *The Republic*, Cambridge University Press, 2000.

Richard A. Firmage, 1993, *The Alphabet Abecedarium*, Bloomsbury Publishing.

Rose, Gillian, 2001, *Visual Methodologies*, London, SAGE Publications.

Rudolf Arnheim, 1964, *Art and Visual Perception*, University of California Press.

Rudolf Arnheim, 1969, *Visual Thinking*, University of California Press.

Saint-Martin, Fernande, 1990, *Semiotics of Visual Language*, Indiana University Press.

Steinberg, Danny D., 1993, *An Introduction to Psycholinguistics*, NY, Addison Wesley Longman.

Steven Forger Fischer, 2001, *A History of Writing*, Reaktion Books.

Suzanne West, 1990, *Working with Style*, Watson-Guptill.

Umberto Eco, 1979, *A Theory of Semiotics*, Indiana University Press.

Victoria Fromkin and Robert Rodman, *An Introduction to Language*, Harcourt Brace.

Water Tracy, 1986, *Letter of Credit: A View of Type Design*, David R. Godine.

W. V. Davies, 2002, *Egyptian Hieroglyphs*, The British Museum Press.

Wright, Andrew, 1989, *Pictures for language Learning*, Cambridge University Press.

王仁祿，《段式文字學》，藝文印書館印行，1976。

王秀雄，《美術心理學》，三信出版社，1975。

李霖燦，《中國美術史稿》，雄獅美術，1987。

杜學知，《漢字三論》，藝文印書館，1975。

林尹，《文字學概說》，正中書局，2002。

高尚仁，《書法心理學》，東大圖書公司，1986。

deSIGN+ no 17

字母的誕生
The Odyssey of Alphabets

| 作　　　者 | 王明嘉 |
| 特 約 編 輯 | 劉綺文 |

發 行 人	凃玉雲
副 總 編 輯	王秀婷
版　　權	向艷宇
行 銷 業 務	黃明雪、陳志峰
法 律 顧 問	台英國際商務法律事務所　羅明通律師
出　　版	積木文化
	104台北市民生東路二段141號5樓
	電話：(02) 2500-7696　　傳真：(02) 2500-1953
	官方部落格：http://cubepress.com.tw/
	讀者服務信箱：service_cube@hmg.com.tw
發　　行	英屬蓋曼群島商家庭傳媒股份有限公司城邦分公司
	104台北市民生東路二段141號2樓
	讀者服務專線：(02)25007718-9
	24小時傳真專線：(02)25001990-1
	服務時間：週一至週五上午09:30-12:00、下午13:30-17:00
	郵撥：19863813　　戶名：書蟲股份有限公司
	網站：城邦讀書花園　網址：www.cite.com.tw
香港發行所	城邦（香港）出版集團有限公司
	香港灣仔駱克道193號東超商業中心1樓
	電話：852-25086231　　傳真：852-25789337
	電子信箱：hkcite@biznetvigator.com
馬新發行所	城邦（馬新）出版集團
	Cité (M) Sdn. Bhd. (458372U)
	11, Jalan 30D/146, Desa Tasik, Sungai Besi,
	57000 Kuala Lumpur, Malaysia.
	電話：603-90563833　　傳真：603-90562833

內 頁 設 計	王明嘉視覺設計事務所
封 面 設 計	王明嘉
製 版 印 刷	中原造像股份有限公司

城邦讀書花園
www.cite.com.tw

2010年（民99）9月9日初版一刷　　　　　　　　　　　Printed in Taiwan.

國家圖書館出版品預行編目資料

字母的誕生=The odyssey of alphabets / 王明
嘉作 . -- 初版 .-- 臺北市：積木文化出版：家庭
傳媒城邦分公司發行, 民99
272面；14.7x21公分.
ISBN 978-986-12-0199-3（平裝）

1. 文字學 2. 字母

800　　　　　　　　　　　　　　　99012498